文学天地

Literature World

第四辑

《文学天地》编委会　编

山东大学出版社
SHANDONG UNIVERSITY PRESS
·济南·

图书在版编目(CIP)数据

文学天地. 第四辑 /《文学天地》编委会编. —济南：山东大学出版社，2022.9

ISBN 978-7-5607-7197-7

Ⅰ. ①文… Ⅱ. ①文… Ⅲ. ①中国文学—当代文学—作品综合集 Ⅳ. ①I217.1

中国版本图书馆 CIP 数据核字(2021)第 242842 号

责任编辑 张铭芳
封面设计 王秋忆

文学天地
WENXUE TIANDI

出版发行 山东大学出版社
社　　址 山东省济南市山大南路 20 号
邮政编码 250100
发行热线 (0531)88363008
经　　销 新华书店
印　　刷 济南乾丰云印刷科技有限公司
规　　格 787 毫米×1092 毫米 1/16
　　　　 9.25 印张 144 千字
版　　次 2022 年 9 月第 1 版
印　　次 2022 年 9 月第 1 次印刷
定　　价 49.00 元

Contents

目　录

非虚构 Nonfiction

评　论 Review

经　典 Classic

特约

Special Works

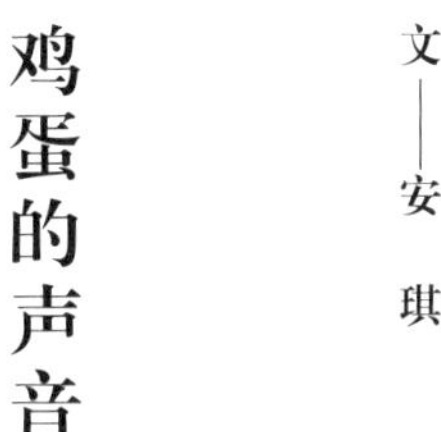

鸡蛋的声音

文——安 琪

一

大喜他妈坐在门口的柿树下,眼睛亮得像两颗蓖麻籽。

柿树已经很老了,老得比大喜他妈还老,老得都看不出它还能再怎么老了。但它老而不朽,虬虬扎扎的枝条不屈不挠地伸向天空,好像跟岁月赌气似的。

大喜他妈坐在柿树的荫凉里,她看着崖垴下吕满升家的窑院,看着一些人在吕满升家走来走去。

吕家崖坐落在一处崖坡上,人们像切豆腐一样把土崖切出一座座窑院,这些窑院勾肩搭背地连成几排,所以,街成单面,只有左邻右舍,没有门当户对。坐在门口,正好可以看到下面吕满升家的窑院。

那天是吕满升的六十大寿。吕满升每年都要过一个像模像样的寿日。

其实,吕满升不是那种张扬的人,刚开始他的寿日过得很简约,也就是让他婆娘杀只鸡,弄俩好菜,喝二两小酒,再吃一碗长寿面。不知什么时候,村里人不答应了。你是咱的当家人你把寿日过得清汤寡水一样不是给吕家崖丢人么?人们说。你给村里办了那么多大事你领导吕家崖奔小康呢你不让咱表表心意?人们这么说。后来,吕满升就每年都要过一个像模像样的寿日了。他觉得他不能不考虑吕家崖的脸面,不能不服从老少爷儿们的人心民意。

大喜他妈看着吕满升家的窑院,她看见人们先到礼桌跟前随了礼,然后互相亲热地说话,好像他们不是乡党村邻,而是失散了多年又重逢的亲兄弟。听不见他们说些什么,但都是兴高采烈的样子,像一群迎接丰收的老鼠。她知道,眼下正是上客的时候,过一会儿还要吃八碗、喝烧酒、敲老虎杠子。

时令已经立秋,但毕竟还在伏天,太阳慢慢地热起来。不过树荫如水,正一波一波往她身子里渗。已经渗透衣服了,已经挨着皮肉了。她觉得皮肉开始变得凉爽,但心里还是有些热。皮肉一凉,心里反倒有些热了。可她很有信心,她想过不了一会儿,如水的树荫就会渗透皮肉,凉爽到她的心头。虽然渗透皮肉要困难一些,但她很有信心。她觉得老柿树跟她很亲。

这时候,大喜媳妇从家里走出来,她胯骨那里坐着一篮子鸡蛋。

大喜媳妇是个大屁股女人,她生过三个娃,可她身上的肉一点也没少,反倒越来越胖了。世上就有这么一种人,喝凉水也能喝出一身肥膘。人胖屁股宽,鸡蛋篮子坐在她胯骨上,很安稳的样子,像那里安了一个鸡窝。

“我吃鸡蛋!”大喜他妈冷不丁朝大喜媳妇喊。

大喜媳妇看了她一眼,没有吱声。

“我要吃! 我要吃!”大喜他妈连声喊。

去年,大喜他妈摔了一跤,好像摔断了脑子里的哪根筋,然后就魔怔了,清楚一阵糊涂一阵。再就是整天喊饿,“我要吃!”——她冷不丁就会这么喊,像乞求又像威胁。一开始大喜媳妇有些害怕,怕邻居听见,怕别人说她的闲话。“才吃过你又吃啊?”像埋怨又像哀求。大喜他妈好像看出了媳妇心虚,作对似的喊:“我就要吃,我就要喊。”她们就这么像冤家一样过着日子。

“给我一个蛋。”现在,大喜他妈就这么说。

“鸡蛋卖钱哩,给你一个?”大喜媳妇说。

“我要吃。”大喜他妈说。

“给人家随礼哩,给你一个?”大喜媳妇说。

“我饿了。”大喜他妈说。

早上出门的时候,大喜交代媳妇别忘了吕满升的寿日,这时,她正要把鸡蛋拿到村代销点卖掉,然后去吕满升家随礼。大喜媳妇不再说话,她像一只滚动的南瓜，从大喜他妈身边绕过去，绕到了一条坡路上。

坡路像裤带一样甩出去，然后突然一沉，就看不见了。吕家崖有好几条这样的坡路，看着好像没走多远就扯断了，其实没有断，它们彼此相通，把每一处窑院连在一起，沟通着各家各户的人情世故。

大喜媳妇拐了一下，又拐了一下，就把自己拐到了坡下。坡沿如刀，一点一点切着她的身子，越来越短，越来越短，慢慢地就把她的背影切完了。但大喜他妈知道，过不了多大一会儿，媳妇就会出现在吕满升家的窑院里，跟那些做寿的人坐到一起吃八碗。她不喝酒，可她特别能吃，说不定哪一口好菜，又会让她多出一块肉来。

大喜他妈突然有一种嫉恨。她觉得坐在吕满升家吃喝的，应该是她娃大喜，而不该是媳妇。媳妇是外路人，娃是亲生的。

“大喜咋还不放学呢嘛？”这样，大喜他妈就想起了大喜。

“我娃不会叫吕满升家的狗咬了吧？”她喃喃地说。

很多年前，吕满升家的狗咬过大喜一口，在大喜他妈的心上留下了一块永远的疤。现在大喜已经三十多岁了，可在他妈心里，还是那个到村小学念书的鼻涕娃，她总是担心吕满升家的狗会咬了大喜。每天，大喜一出门，她就坐在老柿树下东张西望地等，一边不停地念叨：“大喜咋还不放学呢嘛？我娃不会叫吕满升家的狗咬了吧？”大喜一回来，她就高兴地迎上去，拉起大喜的手：“娃你放学了？吕满升家的狗没咬着你吧？”然后掏出一块馍或一根葱让大喜吃，都是她死乞白赖从媳妇那里讨到的东西。

两只鸡站在矮矮的院墙上，一只公鸡和一只母鸡。公鸡张开翅膀，往母鸡身上挨过去。母鸡趔趄着躲了一下，那意思很明确，它这会儿不想。母鸡的样子有些心不在焉，它好像有另外迫在眉睫的事情。

大喜他妈兴奋起来。她想，母鸡肯定是急着下蛋了。人家肚子里憋着一团东西哪有心思跟你亲热？

可公鸡还是不甘心。它张着翅膀一次又一次要拥抱母鸡，死乞白赖的样子。那意思也很明确：它很想，非常想。

大喜他妈决定帮助母鸡摆脱公鸡的纠缠，她认为母鸡眼下的主要任务是先解决肚子问题。家里的鸡蛋都叫媳妇拿走了。她迫切需要母鸡肚子里那只鸡蛋。

"嗬!"她朝鸡们叫了一声。

鸡们被吓了一跳。公鸡收住翅膀,诚惶诚恐地看着大喜他妈;母鸡翅膀一张,扑啦一声飞到了柿树上——就是大喜他妈靠着的那棵老柿树。

大喜他妈忽然紧张起来。柿树上有个老鸹窝,母鸡该不会把鸡蛋下到老鸹窝里吧?

母鸡上树以后,又不那么着急了。它选择了一颗烘柿,一口一口叨起来。叨一口,就伸长脖子晃晃脑袋,叨一口,就伸长脖子晃晃脑袋。大喜他妈能听见母鸡得意的吞咽声。

"嗬!"大喜他妈跳了一下。虽然她没跳多高,但她还是对着母鸡跳了一下,她希望把母鸡赶到鸡窝里去。

母鸡停下嘴,却没有飞走。它有些不屑地看着大喜他妈。

"嗬!"大喜他妈又跳了一下。

这一次,母鸡没有理她。它换了一颗柿子,重又叨吃起来。

"我×你妈!"大喜他妈骂了一句。这次她没有跳,她转着身子在地上寻,后来就寻到了一块石头,她把石头朝母鸡扔上去。没扔多高,但母鸡"咯嗒"叫了一声,双脚一弹,"咯嗒嗒",朝着崖垴下边、朝着吕满升家的窑院奋不顾身地飞了下去。

"我×你妈!"大喜他妈又骂了一句。

她觉得母鸡应该飞回她家的鸡窝里,而不是飞到吕满升家。人家过寿哩你浪摆个啥呢嘛,人家吃八碗喝烧酒你一只鸡凑啥热闹呢嘛。

大喜他妈跟吕满升不对眼,她一看到吕满升,就会想起死去的大喜他爸。

二

大喜他妈到现在都还记得大喜他爸死时的情景。

那天,人们都来给大喜做满月,吃八碗,喝烧酒,敲老虎杠子。大喜他爸很高兴。他太高兴了,他娶了一个漂亮媳妇,又得了一个白胖男娃,还有这么多乡党来给他庆贺捧场,所以他很高兴。

大喜他爸一高兴,就把自己给喝多了。也不是真喝多了,要是真喝多了,最多也就是醉成一堆烂泥糊在炕上。再说,酒不攀东,谁也不会要东家往死里喝。可那么多客人,一桌一桌应酬下来,就多喝了那么一点儿。也就是多喝了那么一点儿,就把他喝到了死路上去。

客人们散了以后,大喜他爸觉着浑身还有使不完的劲,好像酒还没有喝够似的。要是往常,也许他会把这一股劲泄到媳妇身上,可大喜刚刚满月,总不能对着一个月子婆娘撒野吧?他也不想一个人喝酒,他是那种正经过日子的人,除了应酬,从来不会一个人喝酒。大喜他爸在院子里转来转去,想给自己找些事情做。

这时候,吕满升媳妇来了。她说吕满升喝多了,想吃个烘柿爽爽口。

大喜他爸笑了。他想,还没找着事情哩事情就找到头上了。又想,反正柿子也熟了,正好趁机把柿子卸下来,要是不赶紧把它们卸下来,说不定就便宜了过路的老鸹。

这样,大喜他爸就爬上了那棵柿树。打小他就是这么爬上爬下摘柿子的,他熟悉那棵树就像熟悉他的手指头一样。可那天他刚刚找到一颗烘柿,就觉得腿软了一下。

毁了。他想。

大喜他爸刚这么一想,身子就从树上掉了下来。

也没有掉到地上。要是掉到地上,最多也就是摔个筋断骨头折的,他掉到半腰就停下了。前些日子刮过一场大风,把树枝刮折了一根,露着白森森的木茬子,像一把锋利的刀子。树茬扎进了大喜他爸的肚子里,就把他挂到了树半腰。血,顺着衣裳往下淌,看着就像树上挂了一件刚刚洗过的旧衣裳。

这样,大喜他妈就成了寡妇。

要说,这事儿怨不得人家吕满升,可大喜他妈却把这笔账记到了吕满升身上。一开始,她只是不跟吕满升说话,不跟他对眼,魔怔以后,就把吕满升当成了仇人。她甚至觉得,人一辈子应该有个仇人,人有个仇人才能活出精气神。她一看见吕满升,就拿眼睛剜他,好像要从吕满升身上剜下一块肉来。

三

应该说吕满升赶上了一个好日子。秋老虎很毒,可是有风,轻飘飘、慢悠悠的样子,就像路人漫不经心哼着的小曲儿。风一吹,秋老虎就不那么毒了。吕满升觉得他赶上了一个好日子。

对吕满升来说,好像每天都是好日子。他当着村支书,又在村西搞了个机砖厂,把塬上的黄土烧成红砖青瓦,卖给城里的包工头,变成花花绿绿的票子。他觉得自己的生辰八字好,他每年都要过一个像模像样的生日,感谢他妈让他在这一天来到了世上。

院场里已经来了很多客人,还有很多人陆续来着。吕满升家的狗拴在门口,不是咬过大喜的那条狗,原来那条狗叫吕满升杀了吃了,早就变成旱塬上的一把黄土了。吕满升喜欢养狗,也喜欢吃狗肉。他平时对狗很好,杀狗时却一点不手软。"天上飞禽,要属鹌鹑;地上走兽,要属狗肉。"这是吕满升的名言。狗肯定见过同类被杀的情景,但它绝不会因此丧失对主人的忠诚。这是狗的信仰。眼下这条狗,就是忠于自己信仰的好狗。它平时狗眼看人低,就像村里所有的人都是贼,可今天却是一脸友好的样子,摇头摆尾地迎接着人们,好像它知道这些都是来它家随礼的客人。人们也不再害怕这条狗,好像他们随了礼,不但收买了吕满升的人心,也收买了狗心。

突然,鞭炮就炸响了,激烈干脆,开放的纸花像五彩缤纷的羽毛飘然而下。吕满升家的窑院兴奋得好像要跳起来一样。

然后就开席了。

人们选择着对码的伙伴坐在一起,开始正儿八经地吃喝。他们很少正儿八经地坐在一起。平日里,他们或者圪蹴在自家的炕头,或者圪蹴在门前的粪堆上,一边喝糊糊,一边胡扯着少盐没醋的闲话,没有规矩,也不成样子。现在他们正儿八经坐到了席面上,就决心吃出个样子来。每一张嘴都显得很紧迫,他们很少说话,就是说话也说得很快,很简洁。人就一张嘴,这时候最重要的事情是吃,多吃一嘴是一嘴。

满院都是滔滔浪浪的声音。人们一个个擤鼻涕抹眼泪,脸上红汤瓜水的样子,幸福和满足当啷当啷地掉下来,弄得遍地开花。乡下人平日活得疲软而萎琐,一坐到席面上,就显出了万丈豪情。想想也是,整日里黑更白日地劳作,要是不自己找一点快活,快活会主动跑到你家窑院里?会硬从门缝里塞到你的炕头上?

好像经过了一个漫长的丰收季节,人们收获了应有的收成,吃的高潮才渐渐过去，话渐渐多了，声音也渐渐高起来。

“到底是城里的厨子，这席做得好。”有人说。

“我说那不一定。要是换了别的主家就不一定。”有人说。

“噢嘛，满升叔是啥人？老支书啊，大老板啊。”有人说。

“财大气粗。”他们这么说。

然后开始喝酒。

一开始他们都喝得很谦虚，你敬我一杯，我敬你一杯，一边说着很重感情、很讲义气的话，好像亲兄弟一样。喝着喝着就上了性子，开始吹自己的酒量，开始斗酒，高门大嗓地互相指责，好像谁偷了谁的女人。

“老虎。”

“杠子——杠子打老虎，喝！”

“虫。”

“鸡——鸡叨虫，喝！”

你肯定想不到乡下人这么能喝。唧，一杯，唧，一杯。唧唧，就是这种声音。好像他们喝的不是酒，是刚刚打上来的井拔凉水。正午的阳光照着他们，所有的人都是油嘴汗腮的样子。

猜拳。

敲老虎杠子。

喝酒。

四

酒过三巡。大喜才来到吕满升家。

大喜是村小学的老师，一个人教着十几个学生娃。小学是吕家崖的，可学生却来自好几个村子，驴尾巴沟的，范家洼的，鳌头梁的，好几个村子才凑了这十几个学生。不知道为什么，这些年乡下的娃没少生，学生却越来越少了。吕家崖和附近的学生跑灶吃饭，远处的学生住校，他们啃自带的干粮，用几块石头支个简易灶熬糊糊，晚上就睡在教室的课桌上。学生不多，但从一年级到六年级一个级次都不少，大喜把他们弄成一个复合班，尽心尽力地让娃们享受着国家规定的义务教育。

这天，他给六个年级的学生依次上完了课，才来到吕满升家。他早就等着吕满升的寿日了,他要在这天办件大事。所以,早上他就交代媳妇一定要给吕满升随份厚礼,你求人办事,就得随一份厚礼。

大喜一入场就叫吕满升罚了三碗入席酒。大喜没多大酒量,加上喝得有些猛,三碗下肚,双腿就成了两根纠缠不清的面条。他摇摇晃晃走到吕满升跟前。吕满升的鼻子长得圆鼓鼓的,而且有些潮红,像鼻窝里放了一个泥丸丸。大喜忽然有种想上去捏一下的冲动。但他没捏,他给吕满升笑了一下,然后转身面对众人:

"老,老少爷儿们都——听着,今,今天是满升叔的好——日子,我,我给老寿星作了一——首诗,以,以表祝贺。"大喜说话有些搅缠,好像有一根头发缠在舌头上。

"念念,你给咱念念。"人们喊道。

"念念就——念念。"大喜清了一下嗓子,好像把那根头发清了出去,他觉得舌头利索了一些。

"满升满升不是人……"大喜念了一句就停住了。他说:"我,我喝——口水,给,给娃们讲了半——天课,都,都快旱——成蛤蟆了。"

但人们好像没听见大喜后面的话,"噢"的一声惊叫起来。

"啥话么?人家的好日子你这叫啥话呢么?"人们说。

"噢嘛噢嘛,人家好酒好菜招待你,人不能不知好歹嘛。"他们说。

吕满升的脸就有些木,像害了牙疼似的。

大喜并不在乎人们的议论,他喝了两口水,一脸正经地念道:"满升满升不是人,你是天上一个神。"

"噢。"人们的肩膀松下来,从嘴里放出一口长气。

"好你个怂,你把人吓了一跳。"人们说。

"噢嘛。满升领导咱吕家崖安居乐业,满升能把塬上的黄土变成金银财宝,不是神能有恁大本事么?"人们解释着大喜的诗。

大喜很得意。但看不出他有多么得意。大喜的脸正经得像一块黑板,他就像面对他的学生,像朗诵课文一样朗诵着他的诗:

"满升满升不是人,你是天上一个神。来到凡间作盗贼……"大喜又停住了,他说:"渴死了渴——死了,我,我再喝一——口水。"

人们不再紧张了。人们知道大喜话里有话,大喜说的话并不重要,大喜话里的话才重要。

吕满升脸上重现了笑意。他笑得很从容，很大度，好像他觉得很有把握。吕满升就是那种人，他对任何事情都很有把握。

果然，大喜把一首诗完整地念了出来：

“满升满升不是人，

你是天上一个神。

来到凡间作盗贼，

偷来美酒敬乡亲。”

人们又是“噢”的一声叫，跺脚，拍巴掌，欢呼着大喜的好诗。

“噢嘛，满升叔就是一个神，满升叔领导咱们奔小康哩。”有人说。

“噢嘛噢嘛，满升不光自己发财，满升还请咱们吃八碗、喝烧酒。”人们说。

人们兴奋得直冒泡泡，他们觉得大喜的诗说出了他们的心里话。

欢声雷动。大喜想起了一个词。他上午刚给学生们讲过这个词，现在，他把这个词用到了眼前的场面上。

“哈哈哈哈！”吕满升笑了起来。他仰着头笑，像一匹威声武气的马。

五

大喜他妈跳了一下，从狗的身旁跳过去，又跳了一下，就跳到了吕满升家的窑院里。狗没理她，狗好像一点也不在乎这个魔魔怔怔的老婆子。

“我不是来吃席的。”大喜他妈跟人们说。

“我找我家的鸡。”她说。

院子里垒着一台老虎灶，几个厨子挥汗如雨地忙碌着，大盘小盏流水一般从他们手里送到各个席面上。有几只鸡，在锅灶旁边走来走去，从容地寻找着食物，可都不是大喜家那只母鸡。

大喜他妈在窑院里转了一圈，她跟人们说她不是来吃席的，她找鸡，可满院子都不见她家的母鸡。

后来，大喜他妈就听到了一声鸡叫。“咕”，就是这么一声。满院都是滔滔浪浪的吃喝声，说话声，猜枚划拳敲老虎杠子的声音，可大喜他妈偏偏就听见了那声鸡叫。这样，她就看见了她的鸡。

那只鸡卧在吕满升家的土地窑里,就是迎壁上的那个墙窑。过年时人们在这里供奉土地爷,平时在里面铺些麦秸,作为鸡们的产房。那只鸡就卧在土地窑里,安详得像个土地奶奶。

大喜他妈拉过一只小凳坐下,静静地等她家下蛋的母鸡。她就是这时候看到大喜正在给吕满升念诗,她看着吕满升得意地笑,像一匹威声武气的马。

吕满升给大喜倒了一碗酒,说:"来,大喜侄娃,这碗酒我敬你。"

大喜接过酒碗,却没有马上喝。他看着吕满升,他觉得吕满升像红泥丸一样的圆鼻子有点可爱。

"这,这酒我喝。不过,喝——酒以前,我——有话要说。"大喜说。

"说!"吕满升说。

吕满升说得干脆利索,让大喜想起了开酒瓶的声音,透着热烈与豪气。有件事在他心里憋了很久,他一直想跟吕满升说,一直都没有合适的机会。现在,他看着吕满升像红泥丸一样可爱的圆鼻子,他觉得他不能放过这个机会。

"满升叔,你那砖厂不能再办下去了。"大喜说。他说得一点也没有磕巴,好像这句话在他肚子里生长了千秋万代,长成了一群蛾子,一张嘴它们就自己飞了出来。

吕满升的机砖厂在村小学附近,而且离小学越来越近了。每天,挖掘机都张着嘴,大口大口地啃着塬上的黄土,眼看就要啃到教室的墙脚了。教室的墙基失去了黄土的支撑,已经有些倾斜。每当大喜看到那台挖掘机,就觉得它在啃他的肋骨。还有那些制砖机,"咣,咣",大喜一听到这个声音,就觉得有一根棒槌在敲他的小腿。所以,大喜说:"满升叔,你那砖厂不能再办下去了。"

谁也没想到大喜会说出这种话。人家好心好意给你敬酒,你说这话?你这不是断人家财路呢嘛?人们都觉得大喜有些不通人情了。

"不办砖厂?不办砖厂人家指啥挣钱?"有人说。

"噢嘛,满升叔挣不下钱,谁给咱打机井?谁给咱建电视塔?"有人说。

"还有这些好酒好菜。"他们说。

"噢嘛噢嘛。"他们说。

吕家崖缺水,祖祖辈辈都吃水窖里的雨水,吕满升大手一挥:"打井!"

一眼深井就打成了，家家户户都吃上了自来水。吕家崖被峭山挡着，一开电视就飘雪花，吕满升大手又一挥：“建塔！”一座差转塔就建起来了。每当村里飘起饭菜的香味，他就觉得有几缕是属于他吕满升的；每当打开电视看新闻，他就觉得有几句话是专门说他吕满升的。

大喜捧着酒碗，他的眼睛有些发红。

“你，你那砖机吵得娃们都上不成——课了。你，你那挖掘机都快吃到墙——根脚了。”大喜又开始磕巴了。大喜是个一喝酒眼就发红、说话就磕巴的人。

“要，要不，你给砖厂换个——地方？”大喜说。

“听听这话，”有人说，“砖厂又不是鸡窝，说换地方就换地方？”

“噢嘛噢嘛。”人们说。

吕满升还是一副笑模样，还是笑得很从容，很大度，很有把握，好像他已经找到解决问题的办法。

“你喝了这碗酒，你喝了这碗酒我也有话跟你说。”吕满升说。

大喜想了一下，把酒碗朝吕满升举了举，脖子一仰，就把酒喝了下去。他觉得他喝下了一条火龙，能感到那条火龙从他的喉咙漫卷着烧向他的肠胃。他亮起碗底朝众人照了一圈。

“啃！”吕满升叫了一声好。

“砖厂不能停，也不能搬。要搬，咱就给小学搬个地方。”吕满升说。“等秋后，秋后我给你盖五间大瓦房，我叫你旧貌换新颜。我记得我跟你说过这话。”

人们又是一阵欢呼。

“气派，我说满升叔这就叫气派。”有人说。

“噢嘛，人家请咱喝酒，还给村里盖学校。”人们说。

人们好像已经看见了那五间大瓦房，好像他们的娃已经坐在了宽敞明亮的教室里。书声琅琅，他们想。旧貌变新颜，他们想。

然而，大喜却觉得他那碗酒白喝了。吕满升是跟他说过这话，而且不止一遍，可大喜等了一个秋天，又等了一个秋天，吕满升的砖瓦都变成了城里的高楼大厦，都变成了他口袋里花花绿绿的钞票，连个砖头瓦角也没给大喜留下。大喜觉得那碗酒白喝了。

但大喜又给自己倒了一碗酒。

“满升叔,这,这碗酒我——敬你。”大喜说。

“我先喝——为敬。”大喜脖子一仰,一碗酒又喝了下去。他觉得这碗酒没那么火辣了,这碗酒有些凉,像刚从井里打上来的凉水,能觉出酒水通过喉咙流进肚里的踪踪迹迹。

大喜放下酒碗,从口袋里掏出一个笔记本。人们以为大喜又要给吕满升念诗了,吕满升要给他盖五间新教室,他就是给人家念十首诗也不为过。可是人们想错了,大喜没给吕满升念诗,他把笔记本递到吕满升面前。

“满升叔,空,空口无凭,你,你得给我立个字——据。”大喜说。

吕满升不笑了。他不看大喜,他看着众人,说:“多了,这怂喝多了。”

人们觉得大喜有些过分了。人家说过要给你盖五间大瓦房呢嘛,人家做善事你还叫人家立字据?他们觉得大喜不该这么对待吕满升的一片好心,都不屑地看着大喜。

大喜的红眼睛往外凸着,凸成了两只灯笼柿子,一对招风耳也是红艳艳的,像两朵盛开的美人蕉。

扑通一声,大喜给吕满升跪下了。他低着头,把笔记本高高举起,就像举着一件可心的宝贝,就像他要把这件宝贝献给吕满升。

这是谁也没有想到的事。人们都觉得大喜跪得太没有道理了,他们甚至觉得大喜有些不知好歹,有些欺侮人。

“我求你把砖厂搬走吧……”大喜说。

“要不你给我立个字据,你不能说话不算数……”大喜说。

大喜的声音里有了哭腔,大喜说话又不再磕巴了。人想哭的时候,往往就顾不上磕巴了。

吕满升的脸上现出一种厌恶的表情,从凳子上站起来,转身就走了。

大喜不知道吕满升已经走了,他还跪在那里,低着头,把笔记本举向吕满升坐过的板凳,不屈不挠的样子。

“呵呵”,有人笑了起来。

“呵呵呵呵”,人们都笑了起来。

笑声在院场里撞来撞去,发出叮叮当当的脆响,好像那里盛了一池子空酒瓶。

六

大喜他妈没有注意人们的笑，她听见母鸡"咯嗒"叫了一声，然后，母鸡从墙窑里跳出来，做贼似的溜着墙根逃出了吕满升家。"咯嗒"，母鸡在大门外又叫了一声，"咯咯嗒，咯咯嗒"，母鸡放开喉咙，一路欢叫着不知去了哪里。

墙窑里有两个鸡蛋，一个白皮的，一个粉皮的。大喜他妈不知哪一个属于自家母鸡的产品。她拿起那个白皮鸡蛋，热的；她又拿起那个粉皮鸡蛋，也是热的。她想，一只鸡不会一次下两个蛋吧？鸡又不是人总不会也生"双生儿"吧？她把两个鸡蛋在手里掂来掂去，有些鬼鬼祟祟的样子。

很多人都看见了大喜他妈鬼鬼祟祟的样子，但不知道这个疯婆子要搞什么名堂。

后来，大喜他妈想，算了，就随便拿一个吧，吃亏不吃亏反正咱不占人家的便宜。这样，她就挑了那个粉皮的鸡蛋。

"嫂子，你不入席你在这儿做啥呢嘛?"

大喜他妈转身的时候，才看到吕满升的婆娘站在身后。

"我不入席。随一份礼全家人都入席我不是那种人。"大喜他妈说。

"我收鸡蛋。我家母鸡把蛋丢到你家了。"她说。她忽然有些气短，好像做了什么丢人败兴的事。

"噢嘛，拿走吧拿走吧不就是一个鸡蛋么。"吕满升婆娘显得很大度。

"我娃过生哩我想给我娃煮个鸡蛋。"大喜他妈说，"我家鸡蛋都卖成钱给你家随礼了，我娃过生就剩这一个鸡蛋了。"

"呀呀，满升做寿给你家摊派了得是？你随了礼又后悔了得是?"吕满升婆娘的眼眶扯大了一圈儿。"我家厨房鸡蛋多得是要不我再给你拾一篮?"

"我不占你家便宜。我这么坐着不入席就是不想占你家便宜。"大喜他妈说，"不过，这可真是我家的鸡蛋。你看——"

大喜他妈四顾看了看，心想，要是她家的母鸡还在就好了，那样吕满升婆娘能看到母鸡刚刚下蛋的样子。可她家的母鸡早就不见了踪影。

"我不看，鸡蛋上也没有写字。"吕满升婆娘说。

“真是我家的鸡蛋,你听——”大喜他妈把耳朵张了一下,也没有听到她家母鸡的叫声。

“我不听,鸡蛋又不会说话。”吕满升婆娘说。

大喜他妈丧气了。她想,要是鸡蛋真会说话就好了,那样它就能告诉吕满升婆娘它是谁家的蛋。

“你是说我偷了你家鸡蛋?”大喜他妈说。

“我没说。我说鸡蛋没嘴也不会胡搅蛮缠。”吕满升婆娘说。

“你叫我成了不清不白的人了。”大喜他妈的脸红了。她激动的时候脸就发红。

“不要了,日他妈我不要了不行?”大喜他妈把鸡蛋朝墙窑里放了回去。

她以为吕满升婆娘会拦住她,哪怕是假模假样虚让一下,也就趁圪台儿下驴两厢都有了脸面,可吕满升婆娘没有拦她,人家黑着脸看着她把鸡蛋往墙窑里放。

鸡蛋好像有些迫不及待,大喜他妈手还没到墙窑里,鸡蛋就跳了出去。这样,她们都听见了鸡蛋的声音。鸡蛋没嘴,但两只鸡蛋却同时发出了一种声音。

“啪嚓。”就是这种声音,很干脆。然后,就裂缝了,就像鸡蛋上突然长出了两张嘴,有些口水一样的汁液流出来。

“心静了吧?”吕满升婆娘说。她一说完就转身走开了。走了几步,又回头说:“这回你心静了。”

大喜他妈梦一样愣在那里,嘴唇哆嗦得像两片蝴蝶翅膀。人们不吃不喝,也不说话,都幸灾乐祸地看着大喜他妈,好像等待着那两片蝴蝶翅膀从她脸上飞走。

“我日你妈!”大喜跳了一下。

“我日你妈!”他又跳了一下,不知道是骂吕满升还是骂那些看笑话的人。

然后,他走到他妈跟前,说:“妈,咱回家。”

大喜他妈看着大喜,她看见她娃眼里充满了羞愤和酸楚。

“我没偷他家鸡蛋。”她说。

“那真真是咱家的鸡蛋。”她这么说。

“呀——”

大喜声嘶力竭地长叫了一声,然后就流泪了。人们都看见大喜的眼睛像雨天的屋檐,滴滴嗒嗒地淌着泪水。

大喜扶着他妈,两个人一起离开了吕满升家。

“高了,”人们说,“这怂喝高了。”

七

“鸡飞了,蛋打了。”大喜他妈说。

“你过生哩妈也没能给你煮个鸡蛋。”大喜他妈沮丧得像一个饱经风霜的茄子。“妈恨不能变成一只母鸡。”

大喜这才想起那天也是他的生日。大喜比吕满升小两轮,可他跟吕满升生在了同一个日子里。心里装着学校的事,他已经忘了自己的生日,可他妈还记着。他妈为了给他煮个鸡蛋,在吕满升家蒙了羞。他为他妈的用心深深感动。他觉得心上像浇了一瓢温水,暖暖的,眼泪又流了出来。

“没有鸡蛋咱也得过生。”大喜他妈说。“娃,跪下,你给你干大磕个头。”

大喜他干大,就是这棵老柿树。

大喜他爸死后,他妈请冯二瞎子打了一卦。冯二瞎子说这娃命硬,至少得给娃认十个干大。又说,其实也不用那么多,“柿”“十”同音,以一当十,就认给那棵老柿树吧。人的命再硬,还能硬过一块老木疙瘩?这样,大喜就认老柿树做了干大。

大喜乖乖地跪下,给老柿树磕了三个响头。

他想,他还应该给他妈磕个头。这些年,他很少能记起自己的生日,可他妈每年都记得。大喜觉得,在这个世界上,他妈是他最亲的亲人。

但大喜没能给他妈磕成头。他刚一跪下,酒劲就涌上来,像水一样把他给淹没了。大喜身子一歪,正好倒在他妈的怀里。

大喜他妈像接一只柿子似的接住了他。大喜软软地喊了一声“妈”,把手放到了他妈瘪瘪的奶上。他妈甜甜地答应了一声,把手放到了大喜的手背上。

接着,大喜就变成了一个泪人。他流着泪跟他妈说了一串话。

他说:“妈,我是咋来到这世上的?”

他妈说你是我从老柿树上摘下来的。

他说:“妈,那我咋没叫老鸹给叨吃了呢?”

他妈说有你的时候我天天给你轰老鸹。

他说:“妈,你要是不把我摘下来,我是不是就像烘柿一样烂掉了?”

他妈说我怎么会不把你摘下来呢?妈天天想着你都快把心想干了怎么会不把你摘下来呢……

这样的话他们娘儿俩说过很多遍,虽然大喜知道他不是老柿树结下的,但他还是喜欢跟他妈说这些话,他喜欢看他妈得意的样子。他说这话的时候,觉得嘴里比吃肉还幸福。

“妈哎,你真是我的亲妈……”大喜呢呢喃喃地说。

“啵”,他妈低下头亲了他一下。

“爱死了爱死了,你真是妈的宝贝蛋。”

“啵”,他妈又亲了他一下。她恨不能把大喜重新亲回到她肚子里。

后来,大喜不说话了,他像糖一样化在了梦里,化在了他妈的怀抱里。他妈轻轻地摇晃着身子,嘴里轻轻地吟唱:

拍拍我娃睡,
娘亲去捣碓。
听见我娃哭,
娘亲忙进屋。
看见我娃笑,
娘亲心乱跳……

这时候,风大了一些,把一团云从西边的山峁后边赶出来,遮住了太阳。阳光从乌云里喷涌而出,像刚刚走出深山大岭的河流。走了很远,才慢慢地和缓下来,到了吕家崖,已经没有多少劲道了,只剩下一层淡漠的黄色。

就这么,大喜偎在他妈怀里,他妈靠着老柿树,摸着大喜的手。他们和那棵老柿树,一起成为旱塬傍晚的一道风景。

…………

夜半时分,大喜被一声炸雷惊醒了,然后他听见哗哗的雨声。一开始,他以为是在做梦,翻了个身正要睡去,忽然听见隔壁屋里他妈在喊:“我要吃!”大喜就知道不是做梦了,他把白天的事想了一遍,猛地折起身子,来不及穿鞋,就冲出了屋门。

雨像鞭子一样抽在大喜身上,赶着他朝村小学飞奔。赤脚拍打着泥水,却听不到任何声音,听见的只是紧密的雨声,像满天都在甩鞭子,还有骇人的雷声,像无数的汽油桶在天上滚来滚去。

吕家崖小学在村西一处高岗上,原是一座火神庙,“文革”时砸了火神老两口,就成了村小学。正殿大些,作了六个年级十几个娃的教室。左边耳房是大喜备课和批改作业的地方。右边用秫秸围了个羊圈,养着几只羊。平日由学生们拔草喂养,卖羊的钱用来贴补学校的费用。羊圈也是厕所,男女生定时分用。大喜曾向吕满升要求正儿八经盖个厕所,吕满升说鼻涕娃们知道个啥凑合着用吧,等迁了新校再说。

大喜来到小学时,羊们正在雨中凄惶地叫唤。大喜却顾不得它们,一脚就踹开了教室屋门。

教室的屋顶已经开始哗哗往下掉土,像外面的雨天。住校的学生睡得像一群猪娃,不知死活的样子。大喜狂叫着,把他们喊醒,叫他们往外跑。有几个娃睡得太死,怎么叫也叫不醒,大喜就一个一个往外抱。抱起最后一个娃,教室门已经扭曲变形,怎么也无法打开,大喜就把那娃从窗户扔了出去。然后,教室轰隆一声就塌了下来,变成了一堆尘土飞扬的废墟……

等太阳从乌云里挣扎出来的时候,大喜已经躺在了小学的乒乓球台上,就是两块水泥板支起来的那种台子。他的头被屋梁砸扁了,像一颗摔到地上的鸡蛋,一根铁钉从他腿上钉进去,好像把他牢牢地钉在了水泥板上。

人们围着大喜,听几个学生娃磕磕巴巴地讲着事情发生的经过。学生娃们竟然谁也没有哭,刚刚发生的事,把他们吓得都不会哭了。

“都怪你,要不是你,老师早就跑出来了。”一个大点的娃朝一个小娃踢了一脚。

小娃嘴一瘪,“哇”的一声哭起来。

这时候,所有的娃才一齐呜呜哇哇哭起来。

“大喜兄弟,我说过要给你盖五间大瓦房啊,你咋就等不及呢嘛……”吕满升轻轻地对大喜说,他眼里噙了两颗泪,随时都要滚出来,却一直没有滚出来。

“英雄,大喜是英雄!”吕满升突然提高了声音,“大喜是为了抢救学生娃们牺牲的,应该追认为革命烈士。”

“整材料。”吕满升说。

“开追悼会。”他说。

“大操大办。”他说。

大喜媳妇坐在大喜身边,眼睛却死死盯着教室的废墟。她觉得眼前这个被称为英雄的人并不是她男人,她男人还在那堆废墟里。她觉得大喜随时都会从废墟里走出来,腋窝里夹着一本书,清清爽爽的样子,或者怀里抱着一个学生娃,灰头土脸的样子。

大喜他妈不知道大喜出事了。她坐在门口的老柿树下,眼睛亮得像两颗蓖麻籽。她看着远处那条坡路,嘴里喃喃地念叨:“大喜咋还不放学呢嘛? 我娃不会叫吕满升家的狗咬了吧?”

雨,早就停了。太阳也出来了,虽然太阳出来了一会儿又躲进云里,但太阳确实已经出来了。西边的峁梁披着金灿灿的霞光,像戴着一顶崭新的草帽。

往常,这正是大喜下罢早自习回家吃饭的时候。

王安琪,笔名“安琪”,山东大学中文系83级毕业,中国作协会员,河南省作协副主席,河南省文学院专业作家,《莽原》杂志社主编。

主要作品有长篇小说《乡村物语》《驼人传奇》,中短篇小说集《峨山》《乡下的因果关系》《看谁跑得快》等,文学评论《写作的姿态》《小说的成长》等。作品曾获“北京文学奖”“杜甫文学奖”“河南省精神文明五个一工程奖”“河南省精品工程长篇小说奖”“河南省优秀图书奖”等奖项。

小 说

Novel

肾源

文——王东梅

01★

魏若望接到姐姐的电话,当夜买了机票,第二天一早就飞回国。姐姐说,外甥周功林肾病不好,大概没几天了。

一进家门,魏若望顾不得给姐姐请安,急忙就问:"怎么回事,突然就得了肾病?"

姐姐已经哭了好几天,两眼红肿,望着弟弟,说不出话来。

姐夫招呼魏若望坐下,解释说:"功林的病并不是突然得的,其实已经一年多了。你姐姐不想让你着急,一直没有告诉你。"

魏若望更加生气了,埋怨道:"你看你们,那美国的医疗条件比国内好得多,你们早说,早点把功林接美国去,也许不会发展到现在这样子啊!"

姐姐哭得更厉害了,一个劲地摇头。

魏若望问:"那功林怎么会得这个病的呢?他才四十出头,不是一直身体很好,从来不得病的吗?"

姐姐叹口气说:"唉,都是命。功林先是得了一场肾炎,说是累的,工作太辛苦了。"

见妻子说不下去,姐夫接上:"都说能在哈维工作,是份美差。可谁知道在哈维做事,会有多辛苦。功林大学毕业,工作出色,这些年一直提升,责任也就越来越大。最近两年简直是没日没夜,拼了命地干。结果就是这样,把好好个身体搞垮了。"

魏若望奇怪了,问道:"肾炎没啥了不起的,完全能治好,怎么会弄成这样呢?”

姐姐一下子气上来了,提高声音说:“就是那个医生不负责任呗,光想着赚钱,把人不当人,治疗不彻底,给转成慢性了。现在肾衰竭,没治了。”

“回国的飞机上,我查了些资料。在美国,肾病最严重的是肾衰竭,但也不是没办法。第一是洗肾,第二是换肾,咱们还有办法。”

姐夫说:“这些治疗,国内也都有。功林做透析,已经做了几个月,可是效果不是很好。医生也提出过换肾,可是不容易。不是随便找到个肾就能换,要看各种生理指标能不能匹配,否则换了也不会成功。”

这道理魏若望当然懂,看着姐姐,一时无话可说。

“自从知道只有换肾这一条路可走,我们就没停过,一直到处找人捐肾。”姐夫说,“中国人多,愿意捐肾的人也不少,要多少钱我们都愿意出。可是经过检测,迄今为止,能跟功林匹配的,一个都没有。我们原先不知道,经过这次检查,才晓得功林身体的一些生理指标非常特殊,据说有的指标是百万分之一的那种,很难找到匹配的。那就等于是宣布死刑了,我们只好开始考虑后事。你姐知道瞒不住了,所以决定告诉你,让你有个心理准备。”

魏若望默默坐了一会儿,站起来说:“我去看看功林吧!”

姐夫看看姐姐,没有回答。

姐姐抹了把眼泪,喘口气说:“算了,功林住院,不愿意人去看他。我告诉他给你打了电话,他生很大的气,坚决不要你去看他,他不愿意你看见他现在这样子。瘦得不成样,一点血色都没有了。”

这么说着,姐姐又哭得透不过气来。姐夫不住地抚摸她的后背,小声安慰她。

魏若望见状,只好不声不响,重新坐下。

好一阵儿,姐姐才安静下来,擦干眼泪说:“你还没吃饭吧!我给你做点。”

“姐,你别操心,我不饿。”

“我去叫点外卖吧,很快就能送到。”姐夫说着,走出客厅,到厨房去打电话。

姐姐问:“若望,你这次回来几天?”

“我跟公司说了，先请一礼拜的假。可是没准，要看情况，也许需要更长时间。生病这事，谁也说不准，他们都知道，不会为难我。”魏若望停顿一下，又说：“姐，那个医生出了这么大的医疗事故，必须负责吧？”

“那又能咋样？顶多就是医院把他开除了。”

“医院也得负责，必须赔偿，负责功林一切治疗。”

姐姐又哭起来，抽泣着说：“赔偿是有，可是有什么用？钱买不来身体、买不来性命。”

魏若望听了，垂下头，默默地坐着。姐姐说得不错，照功林眼下的情况，有钱又管什么用呢？

“你去洗个澡吧！飞了十几个钟头。你洗完了，你姐夫订的外卖就到了。”

“行，姐，我去洗洗。”魏若望站起来，走到洗澡间门口停下，转过头，对姐姐说：“回来吃完饭，我跟你们说个事。”

02★

姐夫订了好几个菜，鸡鸭鱼肉摆了一桌，说是给魏若望接风。姐姐什么都没吃，只喝了几口汤。姐夫一边不住地劝着姐姐，一边陪着魏若望吃了一碗饭。

魏若望倒是兴致勃勃，把姐夫买的几个菜，差不多都吃光了。首先国内的饭菜比美国的中餐好吃得多，再说他也确实饿了。飞机上的饭没法吃，而且他已经想出救功林的办法，心里安了。

吃过饭，也不急着收桌子，各人拿了一杯甜酒，坐到客厅里。

“说吧！你要跟我们说个什么事？”姐姐问，“刚才看你吃得兴高采烈，没敢问你。”

魏若望喝了一口酒说：“我能给你找个人，给功林换肾，保证一切生理指标都配合。”

姐姐一听，愣住了，拿着酒杯的手一股劲地抖。

姐夫看见，忙把姐姐的酒杯拿过来，放到茶几上。

“姐，我没跟你们说过，”魏若望也放下酒杯，搓搓两手说，“我给你们从陕北抱来功林的时候，其实那是一对双胞胎。”

“啊?”姐姐和姐夫都不由自主叫了一声,立刻意识到魏若望这话是什么意思。

四十年前,魏若望十七岁,跟北京三万多中学生一起,按照伟大领袖的最高指示,到陕北农村插队落户,接受贫下中农再教育。

姐姐大他六岁,结婚三年了,一直没有怀孕,去医院检查,被告知姐姐不能生育。姐姐和姐夫为此非常忧愁,寝食不安,却想不出办法。

魏若望在陕北乡下过了一年,摸出点门道,便给姐姐出主意:从陕北农村抱个孩子。姐姐和姐夫都同意了,但有两个前提:一是绝对保密,二是绝对健康。

于是魏若望约了两个密友,开始行动。他们在富平插队,专门往北跑很远的路,到没有北京学生的深山沟找孕妇:一方面便于保密,另一方面深山沟里村民穷困,孩子也多。

为这事,魏若望他们误了好些工,跑了好几个地方,总算找到一个目标。那村子不大,地处偏僻,从公路过去,先进沟,再翻山,羊肠小路走半天,才到得了。

那对夫妇二十出头,长年劳动,身体健康。他们从榆林地区逃荒过来,已经有个两岁的孩子,也很健康,眼下刚刚怀上第二个。夫妻两人都没上过学,基本是文盲。

魏若望他们在村里观察了三天,觉得满意,便跟他们商量条件:从现在开始,魏若望每天给两元,用于孕妇保健。魏若望每月来一次,带孕妇到公社医院做检查,确保婴儿正常。孕妇的责任是保证怀孕安全,每天两块钱都用来吃喝。

乡下人实在,见魏若望说得诚心诚意,就答应了。魏若望当下拿出六十张一元的票子,递给孕妇,算是头一个月的保健费。深山沟里的穷苦农民,拿着这么一沓钞票,手发抖,激动得眼泪流出来,来不及地道谢。

后来七个月,魏若望遵照约定,按时来去,按时给钱。到预产期前两三天,魏若望把孕妇安排进公社医院,等待分娩。同时姐姐、姐夫也请了一个月产假,他们在北京,一直对人说怀了孕,到西安老家去生。

孕妇生下孩子,在医院住了三天,确定婴儿成活。魏若望便将孩子暖暖地包好,送到西安,交给姐姐、姐夫。

“当时你怎么没跟我们说，那是一对双胞胎？”姐夫问。

“说那干么？你们要一个，我给你们抱一个。”魏若望答道，又补充：“我也是孩子生出来了，才知道是双胞胎，当时还有点吃惊呢！后来一想，也是好事，能挑个好的抱给你们。可是俩婴儿真的是一模一样，没得可挑，就抱了这一个。”

“真奇怪，他们事先检查不出是双胞胎吗？”

“嗨，公社医院嘛，设备简陋，医生水平有限，也就验个血、听听心脏，保证肚子里的孩子活着，就完了。”魏若望继续说：“后来看你们真的那么爱功林，跟亲生的一样，我觉得没有必要再提抱孩子的事。所以四十年来，一个字没说过，跟谁都没提过。”

“那你现在还能找到另外那个孩子吗？”姐姐关心的，是如何给功林换肾。如果是双胞胎，当然所有生理指标都相符，只要那个孩子肯，功林就有救了。

魏若望摇摇头说：“不知道。我抱了功林之后就走了，再没跟他们联系过。这不是为了保密吗？我跟他们说我在宜川插队，防备他们万一反悔了，找我也找不到。再后来我招工走了，也再没回过陕北。”

“不知道他们现在是死是活。”姐姐叹口气。

姐夫看妻子伤心的样子，斩钉截铁地说：“是死是活，我们去找找，才知道。我马上出发，到陕北去找他去。”

“对，我跟姐夫一块去。只要还活着，千方百计也要找到他们。”

姐姐说：“你们把医院赔偿的钱都拿上，不管他们要多少，咱们都给。天涯海角，你们把肾给我们功林带回来。”

姐夫看看手表说：“今天晚了，银行都关门了，我明天上午去取钱。”

魏若望说：“四十多年过去了，我也记不太清了。得给美国打个电话，让我老婆把早年的笔记本找出来，帮我查查相关资料。”

“你们快办，快办，”姐姐说着，站起身，“我去看看功林，跟他说说这个消息，让他坚持住。”

姐夫不言不语，站起来，陪在姐姐身边。

魏若望也站起来说：“姐，我跟你们一起去，看看功林。”

“得了，你赶紧办你的事。”姐姐下令，“明天一早你姐夫拿到钱，你们就出发。路上别浪费时间,尽快找到那个孩子。”

魏若望没说话。

姐姐走到门口,又转身说:“等你们带着肾回来,再去向功林报告好消息。”

“姐,那你代我问候功林啦!”

姐姐没理他,跟姐夫一块走出门去。

魏若望只好坐下,拿出手机,给美国打电话,让妻子帮忙,查询需要的信息。

03★

第二天大早,银行刚开门,姐夫就去取了钱,装了满满一提箱,上了两道锁。魏若望在网上查清陕北现在的行走路线,安排好路上要住的旅社。姐姐早早做了一桌饭菜,给他们饯行,祝他们马到成功。

十点钟,他们吃过饭就出发。姐姐送到门外,看着他们离开,眼里充满了泪。

现在从北京到延安,不必再坐火车绕西安。姐夫开车,走石家庄太原高速,九百多公里,不到傍晚,就进了延安城。

在暗淡的夜空里,望见四周灯火辉煌的高楼大厦,魏若望惊得叫出声:“太可怕了,四十年前的延安,绝对不是这个样子。”

“是啊!这四十年,很多地方都发生了变化。我天天生活在北京,也说不定哪天就找不着路了。”

“别说我四十年没回过延安了,面目全非。”

“希望去你要找的小村,现在也都修了公路,我们可以开车上去。”

说着话,他们找到订好的旅社,停了车,住下来。旅社高大、房间豪华,两个人在旅社的餐厅吃过晚饭,魏若望忍不住拉着姐夫,在夜色中绕着大街,在延安城里走了一圈,指给姐夫看哪里是南关、哪里是北关、哪里是二道街。

他们站在东关大桥上,望见宝塔山,装饰着许多灯火,勾画出宝塔的形状,恍如梦境。

次日一早,他们用过早餐,又到旁边商店买些吃食和水,就出发奔往目的地。

一个多小时,一直走在宽阔的官道大路上,魏若望不住嘴地赞叹:“没想到、没想到。我们那时候,进趟延安城,坐公交车,一天就一趟,颠得全身都要散架,还到不了。哪有这么好的公路,车能开到时速一百。”

姐夫见识多了,听他这么说,只是笑,不答话。

“前面应该就是贺王坪公社了,看着有点眼熟。”魏若望抬手指着前方。

“你出国三十年,落伍了。现在不叫公社了,都叫乡镇。”

房屋多起来,虽然很低矮,但渐渐密集,有了小城镇的规模。突然间,冒出来一座楼,楼前有个不小的广场,铁栏杆围着。魏若望说:“这就是镇政府。”

姐夫继续开车,慢慢穿过小镇,一边环顾左右。

“对了,对了,那边是贺王坪中学,我认识。你看,那是操场,那是教室,四十年前就是这样,现在还这样。噢,更旧了,好像从来没修过。”

“学校怎么没有一个老师和学生呢?”

“你忘了,现在是暑假,农村的孩子都回家帮忙种地去了。”魏若望又叫起来:“快看,快看,那边是贺王坪医院,一点没变样。”

姐夫望过去,一座破旧的小楼房,三层高,玻璃窗蒙满尘土,门口挂着牌子——“贺王坪镇医院”。

“哦,功林就是在那儿出生的? 简直想不到。”姐夫说。

“那阵子,我每个月来一趟,闭着眼睛都找得到。”

姐夫一直摇着头,车开过去了,还扭脸回望不止。

车刚开出镇子不久,还没拐弯,柏油路就断了。虽然还算是公路,但已经是土面,十分颠簸,很难继续开车。

“也许我们最好把车停在镇上,别开更远了。要是半路没法再走,咱们可能没地方停车,那就麻烦了。”姐夫说,“要不咱们回去,把车停到医院前面去。”

“医院没有停车场的,”魏若望笑着说,“到乡镇医院看病的,没有开车的。能开车的,都到延安城里去看病。”

“乡镇中学呢? 学校应该有停车场吧!”

魏若望更笑了,说:“到这儿上乡镇中学的,也没有开车的。能开车的,都到延安城里上学去了。”

“你说的,在这儿拐弯,就进沟了,是吧?你看,沟里根本没汽车路,咱们真得转回去。”姐夫说着,打方向盘调过头,往镇子回去。

“要不咱们把车停到镇政府去,那儿肯定有人开车,一定有停车场。”

“好主意。”

姐夫很快把车开回镇政府,大门口巨大的牌子依然光亮,他们注意到铁栏杆边上有个窄窄的车道,便将车开进一个带顶棚的停车场。

姐夫笑着说:“这地方好,安全,没人敢到这里面来偷车。”

他们把车停好,沿着大街走过学校、走过医院,走出小镇,拐过弯,进了沟,最后开始爬山。照魏若望建议,两个人都穿着走山路的球鞋,身边也带了面包、馒头、酱肉、火腿等,还有足够的水。但是两个人都五六十岁了,而且多年缺乏体育锻炼,爬过一座山,已经浑身大汗、气喘吁吁。登上第二座山,一路休息了好几次。

“那时候到底是年轻,爬两座山跟玩似的,汗不出、气不喘,每个月来一次。”

“已经快中午了,天黑以前,咱们能回延安吗?”

“应该可以吧!夏天天长,八九点才黑呢!再说,那村子小,找人不难。”

“不知道需要多少时间,才能说服他们答应捐一个肾。”

“应该不会太难吧!他们当年因为穷困,愿意送给咱们一个孩子。从眼前这情况看,大概还是很穷,咱们多给些钱,他们应该会答应。捐一个肾,比送一个孩子要容易点吧!”

04★

小村地处高山之上,他们登上第二座山之后,不用再下山,走不多会儿,就进了村子。所谓村子,根本没有村子的模样,只是前后左右的若干沟壑里,有些小小的窑洞,破败不堪,连个人也看不见。魏若望经过贺王坪,已经有了一些心理准备,所以没有大惊小怪。

“这么高的山上,怎么可以种地?”姐夫问。

“陕北本来没有平地,全都是黄土山沟,上上下下,陕北人把种地就叫做上山。我插队的村子也在山上，种的庄稼都是耐旱的，高粱、玉米，小麦种得不多，更别说稻米了。我们生产队每天派两头驴，专门下山驮水，然后全队人分。老乡就盼下雨，一下雨，家家户户就用各种容器接水，存起来。”

“太艰苦了。”

“就因为穷，鸟都不来拉屎，所以当年才来这里建立根据地。国民党军打过来，爬高下低的，难找到人。”

姐夫听了，笑起来。

好不容易前头见个走路颤颤巍巍的老汉，手里拄根棍。魏若望追过去，叽里咕噜说了半天，才知道他们要找的那个成娃早就死了。成娃婆姨还在，还住村后头老地方。于是魏若望领着姐夫，很快找到成娃家。

两孔小窑洞，孤寂，凄凉。门窗都很残破，门帘斜挂，千疮百孔，窗纸乌黑。

院里鸡舍、猪圈都是空的，碾盘、石磨也都盖满尘土，显然多年不用了。

“成娃家的，你在吗?”魏若望站在院里，大声叫道。

“哪个啊?”随着问话，一个矮小瘦弱的老太太撩开窑洞的门帘，走出来。她穿着打满补丁的大襟褂子，头发蓬乱，脸色蜡黄，身体摇晃，脚步有些不稳。

“成娃家的，您不认识我了?”魏若望走前几步说，“四十年前，我来您这儿抱走您一个娃。”

“噢?”那妇人歪着脸，仔细看看魏若望，点点头，眼泪一下溢了出来，“啊、啊，是你，那个北京后生。我那孩儿如今可好？你咋跑我这儿来?”

“成娃家的，这是你那娃的爹。”魏若望介绍身后的姐夫。

姐夫上前，伸出手，可是乡下人没有握手的习惯。

“啊，进家炕上坐吧！我正做饭呢，富娃他们快回家来了。”成娃婆姨招呼他们一声，自己先走进门去。

窑洞里面更加暗淡了，墙壁漆黑，只有灶火闪烁些光亮，成娃婆姨在灶台前忙碌着。

魏若望不想让成娃婆姨问功林的情况，抢先说：“您这是做酸菜面，四十年没闻过这味了。”

“是，咱这搭穷，只能吃个酸菜面。”

“你儿叫个啥?”

“你说富娃?”成娃婆姨叹口气,开始唠叨,“娃命苦啊！他爹死得早,我一个人拉扯他长大,没吃没喝。别人家的娃都出去打工,他不去。我这不是有病嘛,他要留家里照看我。在咱这小地方,能咋活呢？就是受穷呀！我又急忙不死,尽给娃添累赘了。”

“瞧您这话说的,您这不是也帮富娃吗？他上山受苦,您在家给他做饭。”魏若望说完,转头悄悄告诉姐夫:“陕北人把种地叫‘受苦’。”

“我常劝他去外头打工,多赚钱,他不听。富娃啥都听我的,就这不听,就要守着我。”

“他那是孝顺,您养了个好儿子!”

“孝顺我管啥用呢？差点连媳妇也没娶上。”

“这不还是娶上了嘛?”

“娶上个啥,半憨憨,邻村的,没人要的女子,只有嫁给咱家。那女子憨是憨,‘受苦’还行,生俩娃也都不憨。大女子嫁出去了,说是嫁得远,这多年没回来过。孙儿十八了,那娃听我的话,前几个月跟着人家到神木去打油去了。”

“富娃上山‘受苦’,快回来了吧?”

“唉,别提了,娃命苦。”成娃婆姨叹口气说,“指着村里分下的这一亩三分地,顶多就是能吃上一口,别的啥都别想。富娃呢,就到邻村一个小煤窑去挖煤,也算能赚几块钱。没料想,两个月前把一条胳臂砸断了,煤挖不成了,打发回家了。咱又看不起病,煤窑上给了一包止疼片,见天就靠那抗着。”

“那他受了伤,还上山去‘受苦’?”

“那咋办呢？挖不了煤,只有上山‘受苦’,跟媳妇一块呗。”

正说着,儿子、媳妇两人一块走进门。姐夫一看,以为看见功林了,差点叫出声来。这对双胞胎简直就是一个模子刻出来的,功林因为肾病,这一年瘦得多了。可眼前的富娃更瘦,而且黑很多,左臂挎一条绷带,挂在脖子上。

“娘,我饿死了。”富娃没顾上跟客人打招呼,叫道。

“赶紧、赶紧。”成娃婆姨手忙脚乱,给儿子和媳妇往碗里盛酸菜面。

魏若望脑筋灵活,拿起背包说:“我这儿还有些吃的,咱们一块吧!”

姐夫一听,赶紧说:“对、对,一块儿、一块儿。”

“人多了,窑洞里挤不下,咱们院子里去吃。”魏若望说着,领着姐夫走出门。

“他挖煤,内脏不会出问题吧?”刚一出门,姐夫就问。

“我就是想跟你说这事。”魏若望说,“看样子,他只是胳臂伤了。挖煤,最影响的大概是肺,肾脏应该没什么问题,希望吧!”

“如果不合适,咱们干脆别说这个事。”

“不去医院做检查,咋能知道呢?救功林要紧,咱们得想办法,先把富娃带到延安医院去检查一下。只要他的肾没问题,就行。”

姐夫听了,点点头,不再声响。

富娃和媳妇一人端一个面碗,边吃着,边走出来。成娃婆姨端了两个碗,跟在后面。

魏若望把带来的面包、馒头、酱肉、火腿,一一排在磨盘上,招呼他们随便吃。那憨憨媳妇见着肉,啥也不顾,抓起几条,放进面碗里。富娃一见,也就照样,拿了些酱肉、火腿,又抓了一个大馒头,跟媳妇一块蹲到墙根,大口吃起来。

成娃婆姨把手里两碗面放到磨盘上,说:“你们吃不惯咱们这酸菜面,就不招呼,要吃就吃。”

“没事,成娃家的,我们来之前吃得多,不饿,您吃吧!”魏若望说着,把酱肉和火腿递过去。

乡下人吃饭狼吞虎咽,没几分钟,所有的面包馒头、酱肉火腿,连带几碗酸菜面,全部吃光。富娃蹲在地上,打着饱嗝,抽旱烟。憨憨媳妇进屋去洗碗。成娃婆姨坐在碾盘上,流着眼泪,听魏若望告诉她功林的病。

虽然老太太听不懂是怎么个治法,但是她听说只有富娃能够治好功林的病,想都不想,一口就答应了。从头到尾,富娃一句话没说,娘答应了,他听娘的。

姐夫补充说:“我们会带富娃到延安的医院去,顺便把他的胳膊治好。”

这么一说,成娃婆姨更加感激不尽,差点跪下来。

魏若望说:“现在三点了,咱们现在出发,五点多就到了镇上。开车去延安,晚上七点就能到医院。"

姐夫也说:"你们啥都不用准备,富娃吃的、用的,全包在我们身上。"

两个城里人你一句、我一句,把成娃婆姨说晕了,千谢万谢,眼泪流了一摊,衣襟都湿了,急忙招呼着富娃,马上动身。

姐夫拿出三万块钱,递给成娃家的说:"这点钱给您留着,贴补点家用。富娃医院的费用,我们另外支付。"

成娃婆姨接过三叠厚厚的钞票,满脸通红,抖着嘴唇,说不出话。魏若望想起,四十年前,他递过去六十元,那婆姨已经哭成泪人。如今手里拿着三万,心里不知会多么激动。

"那咱们出发吧? 噢,成娃家的,要不富娃媳妇也一块儿去,到镇上买些物什送回来?"

"对、对。"成娃婆姨便进屋,叫出来媳妇,又安顿儿子,到镇上买些啥。

忙乱过后,几个人道了别。富娃和媳妇本来走惯山路,刚才又酱肉、火腿吃了个饱,在前面腾腾腾走不停,下山上坡,如履平地。魏若望和姐夫紧跑慢跑,跟不上,只好把他们叫住,拿出一大把钞票说:"你们先到镇上去,买好了东西,我们也就到了,再一块儿去延安。"

一切都按照计划办妥,魏若望和姐夫赶到镇上,富娃两个已经买好吃的、喝的、用的。

包了两个包袱,富娃媳妇背着,往家走了。魏若望招呼富娃,走到乡镇政府停车场,开了车,七点不到就赶回延安。

05★

姐夫付了五千块钱,轻而易举让富娃住了院,当晚就给富娃胳臂拍了X光片,安排次日上午做接骨手术。然后魏若望和姐夫又付了三千块,跟医院说好,第二天下午给富娃做个全身CT检查,确定没有任何疾病。特别要仔细检查肾脏,提交所有生理指标报告。

如果北京医院方面认为可以接受,姐夫再支付两万元,由延安医院摘下富娃一个肾,运去北京,给功林换肾。

安排妥当之后,魏若望和姐夫回到酒店,跟北京联系,向姐姐报告好消息,惹得姐姐在电话里大哭一场。

第二天上午，魏若望和姐夫两个守在医院里，看着医生给富娃完成胳臂手术，打了石膏。医生说住几天院，就可回家，一个月后到乡镇医院拆掉石膏就行了。

当天下午，魏若望和姐夫两人又看着医生给富娃做CT检查，再做肾脏检查，确认一切正常，拿到所有生理指标报告，扫描之后，发往北京。

第三天上午，接到姐姐发回的确认信息，生理指标全部符合，可以换肾。那个中午，延安医院收到姐夫支付的两万元，立刻进行手术，摘下富娃一个肾，装在冰桶里。魏若望开车，把姐夫和冰桶送到机场，赶上下午航班，傍晚赶到北京，直接送进功林住的医院，当夜手术换肾。

次日一早，魏若望接到北京电话，功林的手术非常成功。感谢富娃，功林可以好好活下去了。功林现在盼着见到舅舅，快点回来吧！

兴奋之余，魏若望买了一大包吃食，带去医院。见富娃埋头大吃，也看不出任何情绪，魏若望才意识到，从到小村刚见面，只听他喊过一声饿，富娃始终没有再说过一句话。只是默默听从他人安排，从他的母亲到魏若望到医生，好像他从来没有自己的意志、自己的思想、自己的情感。

突然间，鲁迅笔下的闰土出现眼前，长期艰辛困苦的生活，真会把一个活生生的人变得如此麻木。百年过去，从闰土到富娃，没有改变，魏若望感到悲哀，不忍再看富娃一眼。

转念又想，如果四十年前，他抱走的不是功林，而是富娃，那么半辈子受苦，现在病倒的就不是富娃，而是功林。太可怕了，无法想象，社会不公、人生无常，好歹均在一念之间，世事实在难料。

魏若望觉得后背发凉，脖子上冷汗淋漓。他赶紧站起来，匆匆走出病房，不敢回顾。

摘下富娃一个肾之后三天，延安医院认为病人恢复良好，可以出院。魏若望一大早办妥一切手续，开着姐夫的车，把富娃送回贺王坪。富娃依旧是一路不语，面无表情。魏若望时不时转脸看看富娃，心里很难过。

到了贺王坪，他没有让富娃回小村，而是把他送进乡镇医院。按照每天一百元的费用计算，交付三千块，安排富娃住院三十天，嘱咐医护们好好照顾病人。

然后，魏若望再次把车停到镇政府的车库，步行翻过两座山，走上小村,向成娃婆姨当面道谢,报告富娃在乡镇医院住院的情况,又再给老太太留下两万元钞票。

离开小村,走在原上,魏若望回头几次,望见成娃婆姨站在崖畔上,一直望着他。

王东梅,女,“90后”,现居重庆。爱好文学,近年在数十家地市级文学刊物发表散文、小说、诗歌等作品多篇。

姹女求阳

文——任春晓

却说这日如来在灵山大雷音宝刹讲经，三千诸佛、五百罗汉共金刚菩萨等，俱执礼恭听。莲台座之下设一宝盆，中有百种花果，供诸佛享用。两边流金烛台中，香花烛刚燃了一半，流烟馥馥郁郁，直漫过灯台。那名叫地涌的白鼠精不巧正躲在烛台下面。地涌知道，佛祖讲经是极难得的，有时只拈花一笑，便点化了一众弟子。而它苦修空有百年，只得了智识，却没有缘法修成人身，更不必提四满成佛云云。因此地涌抖擞精神，皱着金鼻，立起根根银白的长须，只求领悟教化，脱去这身皮囊，不再为物欲所累；却不料一时风动，流香袅袅，周旋在地涌口鼻之间。偷香原是老鼠本性，地涌虽自问一心向佛，此刻也不自觉张开尖嘴，扭过头吞下了第一口流烟。

这一开口便破了戒。梵音如隔山水，无数的声光色影却近在眼前。地涌早不记得自己生从何来，姓名年岁也一概不知。它只记得它曾经喝下一盏灯中的菜油，年迈的僧人在敲钟时叹息："一切有为法，如梦幻泡影。"这话如电光石火般一闪而过，僧人举动迟缓，须发皆白，白鼠忽然明白了死的含义。那大概是它第一次睁开眼睛望向这形色的世界。昏黄的菜油映出个尖嘴长须的影子，上面一对豆眼，惶惶然满是泪光。它追着自己的尾巴绕了个圈，又停下来，如木雕般立起，空悬着两只手爪。刚刚从蒙昧中醒来的心灵正在剧烈地跳动，一边是惴惴的恐惧，一边是凛凛的饥饿，还有些说不清道不明的欢喜，像烟灰无声无息地笼罩灯芯。白鼠猛然将口鼻没入灯油中，不顾梗塞地大口吞咽起来。

老僧过世后，灯台里再也没有了新的菜油。白鼠寻香辗转，寄居了无数人家庙宇，在箬笞棒打、猫狗顽童的戏弄中求得生机，最后到了灵山。又赶上些机缘际会,这里听一场高僧的布道,那里偷吃些圣者的残羹,终于修成了个小小的鼠精。那时候,雷音寺一众弟子中,凡不厌烦它的,白鼠都要凑到他们脚边,听些经文,暗暗记诵,只为能修成正果。其中与白鼠最相熟的一个当属如来座下的二徒弟金蝉子。金蝉子气味酣甜,语声温吞,甚至还愿意教它写几个字,"地涌"这名字就是金蝉子随口取的。灵山一众虫豸蛇鼠化身的女妖,都以为地涌被这温存冲昏了头,竟然妄想起常侍佛祖身边的高僧。其实地涌心知修行不易,怎肯轻动凡心,放弃这一世的用功。听说寻常修行,皆要斩七情断六欲,历经劫难,才能悟透色即是空的道理。想到这一节,地涌抽了抽长须。想到自己虽是六道轮回中最低微的一门,悟道却比几世的僧人都要快些。旁人执迷于男女之事,它只消细数身上旧日的伤痕与残缺,看到那些斑驳的、狰狞的往日印记,便没了那些情致。凡俗贪于情色,而地涌只一心贪恋修为。

香烟仍旧缭绕着。地涌耸了耸鼻子,想起当日里金蝉子的话来。

"你是个女身,此世是注定不能成佛的。我劝你不必费心修炼了,那殿上的香花宝烛可抵几世的修为。"金蝉子说话时似笑非笑,全不像是雷音殿上侍立的佛祖高足。

地涌没有睬他。金蝉子位为长老,却不劝它皈依正途,地涌每每想起,便止不住地狐疑。是金蝉子故意引诱陷害它么?这全是不合理的,金蝉子若是恨它,根本不必费这样的周折。是如来与众僧所说的正途不对么?可是一众得道的高僧都明白地站在眼前,个个是历经劫难而来,也都修成了正果,这又有什么可怀疑的呢?地涌并非热爱苦修,只是没有旁的法子。才到灵山不久时,它便听说了孙悟空的事迹。那石猴当是妖精中的翘楚班头,一路打上凌霄宝殿,直要玉皇让位。同行的弟子回来讲说,玉皇大帝自幼修持,苦历过一千七百五十劫,才能享受如此无极大道。孙悟空虽有种种妖邪本领,终究不是正途,被如来压在五行山下,不得脱身。地涌自问,它断不敢有这样的野心。自己一路西行,跟着无数的庙宇吃斋念佛,只为超脱轮回之苦。哪怕只是做一个无人供奉的散仙,也是于愿足矣。

后来地涌闭关清修,再出门时适逢如来讲经。躲在桌下一嗅,却没闻到金蝉子的气息。门前的燕子精告诉地涌,金蝉子因为轻慢佛法,早就被贬下凡去了。地涌心里很是惋惜,毕竟金蝉子言语温柔,望向它的目光里没有寻常的厌恶——自然，他们是常讲“缘起性空”的，地涌与金蝉子这一段小小的交往，也不过是缘起则生、缘落则灭罢了。地涌对自己讲着道理。它不知道自己为什么会再一次记起这些往事，和旧日里的人，也分不清那口鼻间的香气，究竟是果腹的需求，还是捷径的诱惑？又或者，是金蝉子身上森森然甜丝丝的纯阳气息？……这是昏了头，地涌告诫自己，向佛的精灵不比凡间的女妖，它绝不凭借吸精化阳之术掠取修为，这不是修行的正途。诸佛散去，地涌终于爬上流金烛台，缺了半截的尾巴盘成一个搭扣，它站立不稳，身体正微微地摇晃。

香气在引诱。

乳白色的蜡烛正滴着泪。见它柱头一粒摇曳的佛光，地涌心里忽然空了一拍。地涌不自控地伸出尖吻，向前咬住一口。佛祖殿前没有俗物，香花宝烛的味道果然与旁个不同。地涌没有吞咽，它把前牙深深埋在乳白色的烛身里，感到前所未有的舒畅，口水浸湿了嘴角的毛发。或许，这个姿势违背了老鼠的本能，或许，或许。地涌贪婪地享受着宝烛含在自己口中的满胀感觉，不知多久才咬下第一块——它仍然没有下咽，先填满左边的脸颊，再咬下一口，将右腮也顶得鼓起来。

地涌下口太深，宝烛晃动了。它连忙用两只前爪扶住了烛身。地涌忍受着胃部的抽动，将蜡烛由上至下地舔舐，细腻的烛壁上没有缝隙，地涌有意放慢自己的速度。这是它平生所遇的珍宝，它不忍如寻常般囫囵吞下了。地涌一生吃过形形色色的食物，田里的禾谷、野草、野草中饱满的籽实、浆果、干果、洞房里的红烛、长明灯中百味的油……普通的食物在佛殿宝烛面前黯然失色。地涌闭上眼，记起了未皈依前的几次饕宴。譬如肉羹，在碗边沾着，油腻的咸；又像庙里的尸体，软滑的肉，鲜甜的血液。地涌也听过几年仁义书，知道食死当属大逆不道。然而一切食物的本质都是尸体，斋饭不过是烹煮过的草木尸身，花果也常被折断头颅，供奉在庙台上，尊者金刚，一样照用不误。这样想着，地涌终于咽下了第一块，那物清凉地划过唇舌，含不住似的，很快就划过喉口，几乎没有留下痕迹。世间的一切的珍异都是不经吃的，地涌很早就明白这个道理，因此修行者才格外节制。

等到地涌停下来思考自己的处境，它正趴在台架上，伸长了舌头，再一次舔净烛盘。腹内奇异地饱胀，地涌暗暗叫了一声糟糕，“怎么就受了那人的蛊惑了!……灵山只怕是不能久留了。”金蝉子果然是没安好心的,这便是为情所惑的下场。他自己下凡了,谁知道是什么缘故,难道我也要一样地堕回尘间去么?想到此处,肠内纠葛起来,地涌感到血液正奔涌着,使它——不,使她忍不住喊叫出声。

这是她第一次未曾念咒的变化,这是她命定的人形。

地涌扶着栏杆站直身体,大殿里空无一人。她以人的视角环顾金殿,一切巨大的物事都显得不再恐怖。她不由得胆大起来,在自己的头上、脸上一寸一寸地抚摸着,想象自己的容貌。她很高挑,或许比大部分的僧众都要高些;她的步伐仍旧轻盈,赤足走在金殿中,没有发出一点声响;她的双手十指完备——而白鼠的左趾是少了一半的——手指弯曲,伸直,手掌圆润如观里的观世音像。每认识一分,欢喜便多一分,对金蝉子的怀疑也就少一分。地涌恨不得金蝉子立时出现在自己面前,她要扑向他,伸出自己的尖嘴和门齿……“不,不,如今的我是一个人了”,地涌对自己说,撕咬和吞咽,这些都是畜生会做的事情,而她已经不再是一个畜生了。地涌如今是一个人,一个女人。女人会用怎样的方式表达感激呢?如果对方是个凡人,世间的女子多半以身相许;如果对方是个僧人,那么女子多半皈依佛门。地涌自己早就是佛门前匍匐听经的生灵,金蝉子如今却是一个凡人。地涌立在长明灯下笑了起来,佛光在她身上照出色彩。

嘴角牵动时,地涌忽然觉得两腮有些酸痛,低头一吐,手中是两块尚未咽下的蜡烛。从人的眼光看去,老鼠的存粮形状怪异,可是回味口中余甘,地涌仍然感到本能的欲望正逐渐脱开束缚,剥去一切虚伪的外壳……地涌为她的想法惊恐起来。

“在这里!它在这里!”殿外忽然嚷起一声。

地涌来不及躲藏,忙低头将剩下的宝烛吞了。她暗恨自己为具肉身耽搁了太久,竟忘了自己还立在雷音宝刹。如来有万般神通,自然知道她的罪孽。旧日的梦想这时重新浮现了。她,她又有什么资格总结孙悟空的错处呢?门外这声音定是来捉她的人了,而地涌甚至不敢一战。

走进来的却是个玉面娇容的少年人,地涌认得这是天庭的三太子哪吒。

“兀那妖孽——”

话说到一半,哪吒的脸微微地红了。目光闪动着在地涌身上流连了三次,像胆怯,又像眷恋。地涌被注视的部位逐一烧灼起来,方才令她欣喜的肉身,此刻却似乎哪里都不合称。想起寻常女子用衣裙蔽体,地涌忙闪身躲到台柱后面。

哪吒似乎被她的动作惊醒了。

“你快逃罢!”他喘着气。

“三太子……我能逃到哪里去?”她用很软的声音说。

哪吒像出水的狗一样抖了一下身体,偏过头,望向台柱后面她的身体。他忽地上前两步,须臾又退了回去。

地涌的心跟着沉了下去。

“在这里耽搁什么?”森严的人声。

“父王。”哪吒低声说,转过身去,似乎想帮地涌遮掩些许。

地涌心里一动。早听闻李靖父子不睦,若是此刻躲在哪吒身后对峙天王,难免生出更大的事端,到那时才是真正断绝生路。她不知道自己的身体究竟价值几何,但是灵敏的嗅觉已经在告诉她,李靖的气息比藕身哪吒更鲜活些——那是汗液与食物交杂的味道。“我真身是金鼻白鼠精,不是寻常世间的女子。譬如鼬类以臭气赶走敌人,虫豸装死迷惑猎手,为求一线生机,将本就赤裸的身体展露于前,也只是吾辈的本能罢了。”地涌说服了自己。

扬起头,地涌从柱子后面走了出来。长明灯照在她身上,地涌假装自己没有发觉。

“成何体统!”

李靖叱道。他用审判的目光侵犯她,在那本当被遮蔽的私密处胶着。地涌战栗着,她知道自己成功了。被盯着的肌肤瘙痒起来,地涌感到恶心。如果可以,她想不顾一切地逃出金殿,逃出灵山,直逃到没有人烟的山林,找到一眼浑浊的雨水坑,在带有土腥气的污水里打滚,让软泥和落叶黏在她的身上。

可是,地涌只是对着李靖抿唇一笑,似乎她天生就知道该怎么做。

李靖眯起眼睛,严肃的面纹和缓下来,形成了一个老态的、暗示般的笑容。

“无论怎样,只别作声。”他吩咐道,抬手在地涌身上施了一道符咒。

地涌低头打量自己。李靖为她添了一件破烂的血衣,像是刚刚经历一场恶战。她明白了李靖的意思,向他投以一个感激的目光——她不知道这目光中是否还有憎恶与轻蔑。混天绫很轻柔地绑起她的双手,地涌作出无力的模样。

李靖父子拖着她去见如来,殿上僧众个个伸长了脖颈,窸窸窣窣地议论着。曾经地涌以鼠身伏在他们脚下,却少有人对她投上一乜。

“此物乃金鼻白毛老鼠精是也。天生地养,惯善盗偷,一路承恩逢惠,才到了灵山。诸位请看,”李靖朗朗然地说着,锁妖绳一甩,撕破地涌胸前的衣物,这赤体终于暴露在众人面前,“这鼠精偷食香花宝烛,如今已修成了个半截菩萨之象。”

从他们的神色中,地涌知道,单论菩萨之象,自己修成的远不止半截。更多的目光投在她身上,起初在哪吒面前的那点羞怯,早就不知消散到哪里去了。地涌遵循了李靖的嘱托,半闭着眼,不发一声。

寂静中梵音传来,如来一开慈悲之口。

“积水养鱼终不钓,深山喂鹿望长生。善哉,善哉!”

地涌凭借形色在无形无色之界侥幸偷生。

灵山无法再住,她就跟着李靖父子回到天庭,懵懵然拜了这两个最早见全她赤体的神仙为义父义兄,从此位列仙班。天女织素,仙衣蔽体,最庄严的佛殿上游动过的情欲被礼节装饰裹束,仿佛未曾出现过一般。

地涌也学着一众天女的模样,按部就班地做些无聊的事务。只是终究没能回到下尘,用泥浆雨水洗一洗身体。

一日哪吒走进了地涌的房间,地涌正对镜梳着头发。

“今日我又去了灵山,他们都称你作‘半截观音’呢。”他悠然地说。

镜中人长发如瀑,流光盈盈,听了这话便撇嘴一笑。

“为什么只是半截?”

哪吒哑然失笑。“那观世音乃是西方三圣之一。你本是妖精,偷食宝烛才成此散仙,如何能与他比较?”

地涌闻言放下梳子。灵山除了未化形的女妖,一众都是男子,地涌以白鼠之身,也活得坦然自在。而天庭却有女仙众多,上至天母嫦娥,下至宫女素娥,不是这位的夫人,就是那位的女儿,个个将描眉画眼当作修行要务。地涌初到天庭时,曾叫一众修行者失神的样貌也显得泯然无光。既成散仙,地涌早遂了平生心愿,也日渐惫懒起来。这时却被哪吒一言点醒,才发觉辜负了曾经的志向与苦难。可是,地涌想着,又为自己找到了一个绝妙的借口,真正修成金身,又岂是仅凭勤勉二字能至的呢?

再一抬头,哪吒的目光正在她身上轻快地游走,虽然隔了衣衫,神色也自如,但是地涌猛地恼怒起来。

"哥哥可知,我与那观世音菩萨差在了哪半截?"

"什么?"

"我闻世间诸人,男子为阳,女子为阴,唯有观世音男身女相,能施无畏。"

"是了,妹妹只有女身。"

"我在灵山时,凡成了精的姐妹们都说,若能找到那童身修行、未泄元阳的高僧,定要诱来配合,自成太乙金仙。哪怕越过那些劫数,亦有三花聚顶,五气朝元。"

哪吒神色因为恐惧而稍稍变幻,把目光也收了回去。

"我等修行之人,元阳都是至宝,怎么肯轻与这等红粉骷髅?"

地涌哂笑了一声。

哪吒嗫嚅着找补道:"你在灵山还有什么故人么?也许我见到了,你可要听听他们的消息?"

这话又牵起无数的追思来,挫了地涌一身的锐气。模糊的人影在眼前立着,却看不清楚他的容貌。只记起似笑非笑的话声,温和地说:"你只是个女身。"他的语气里没有怜悯,但是又好像有无限的慈悲,还有森甜温暖的气息,地涌自化为人身后,就再也没能闻到。他的手指曾经抚摸过白鼠的皮毛和那截残缺了的断尾。地涌分明记得,这触感并没引起什么异样的情动,她只心念着化成人身。那个人的名字,被她轻轻巧巧地唤得如一只翅虫,在别人口中则是尊圣的长老。而她的名字是那人所赠,虽然除他之外没人真正叫过她的名字。因那人她得此肉身,使她竟逃脱了劫数之苦,不再从夜梦中忽然惊醒,为命运惶然不安。地涌舔了舔门齿,与生俱来的贪渴好像又一次萦绕齿间。

“金蝉子,我与金蝉子是故人。”

“他早被贬下凡间去了。”

“我知道。”

“他如今是十世为僧,由那闹天宫的孙悟空护送,从东土出发,向西天取经,”哪吒若有所思地补充道,“就是由观世音菩萨安排的。”

“那么他走到那里了?”

“前天过了火焰山。那猴头为了降伏老牛,专上天庭来借兵,害我们也劳累了一场。”

“火焰山的牛魔王,”地涌想了一想,“那不是孙悟空的结拜弟兄么?”

“妖魔禽兽,也讲情分么?”

地涌默然。不讲情分的,即使是在妖魔中,恐怕也不过禽兽尔尔。传闻里孙悟空是个重情义、好脸面的猴王,曾经摆下七七四十九天宴飨,与各洲妖魔结交取乐,今日竟也为走上正途,将从前交情、自家名声都弃置不顾。只是金蝉子取经不过重回灵山,待到功成圆满,自然回归原属于他的佛位;孙悟空护送一场,纵使得了封号,又与他当日在天庭为官时有什么分别呢?

她不知道哪吒是什么时候离开的。想要再次见到金蝉子的渴望像护食的猫一样占据了她的思想。“天上一天,人间一年,最多不过一昼夜的时光,就能找到凡间的金蝉子。这不会耽误他的正事,也不会叫哪吒起了疑心。我们最多喝一杯茶,然后让我与他叙叙旧话,让他见见我的人身,描画过眉眼、盘着堆鸦髻的人身。他的眼中一定会有清凌凌的水光,洗净自己这一身脏秽。”

当夜地涌便溜出了南天门。算一算日程,金蝉子走过火焰山已有三年,此时大约正到陷空山地界。于是地涌看准了方位,飘然向陷空山落去。那山怪石嶙峋,藤萝密布,与天界截然两端。地涌正想找个山精野怪来问询,却见脚下裂开条缝隙,从中钻出个佝偻老妇,长嘴尖腮,一双豆大的圆眼睛。

“地涌夫人驾到,小神有失远迎了。”老妇一身土腥气息,这是地涌极熟悉的。

“你这消息倒是灵通得很,”地涌好奇地望着她,“谁对你说过我的名字来?”

老妇闻言连连摆手,一派天机不可泄露的模样。她将地涌上下一扫,笑得谄媚。“夫人此番下凡,想必是为了唐三藏的元阳了?”

地涌微微一怔。“他如今叫作唐三藏么?谁又说我是为了元阳才来见他?”

“这人生一世,自然另有他在凡间的名字。西行路上,也有无数女妖以色相诱他破禅,只现如今还没有哪个得手。”老妇道,“夫人与金蝉子本就有一段因缘,或许格外有些造化呢?”

“他们修行之人,谁不将元阳视作至宝,怎么肯轻易……”地涌顿了顿,没奈何笑了一声,“罢了,婆婆,您虽然耳目清明,但是不懂人心。”

老妇闻言大笑起来,连身上的枯叶也飘落在地。

“再过一个时辰,唐僧师徒便会由那边那条小路走来,夫人准备怎么会他?”

“就是这样见面。”

“唐僧大弟子孙悟空的名号,夫人可曾听过?”

“我与金蝉子是故交叙旧,孙悟空何苦为难于我?”

“夫人忘了,贬下凡间,过去记忆也一并没了。”

“那……那我便避开孙悟空。”

“夫人不懂了。孙大圣自从护送唐僧,一路勤勉,可谓寸步不移。夫人想避开他,只怕有些难处。”

“婆婆是在劝我打道回府了?”

老妇诡秘地笑了。“唐僧如今不过是个凡人,哪里能认得夫人面目?夫人假扮成个落难的妇女,求他搭救便了。等他救下你来,先叙旧,再取元阳,亦不为迟。要论圆房的所在,出了此山,前有一庙宇可以借宿;若是不及出山,向东五十里,有一无底洞,昔日曾有个鼠妖率一众子孙住着,后来阳寿终了,那一洞的妖精才各自散了。”

地涌狐疑地伸手,想触碰老妇腐朽的衣襟,心念只是一转,这老妇就已经消失不见。地涌伏身听了听土地,由远及近的马蹄声遥遥地响动。

她没有等很久,几个人影果然从那小径尽头现出。地涌一望便看到了金蝉子,不是因为他高高地坐在马上,而是因为十世修行的人,自有五色瑞霭罩头。地涌虽已成仙,见了凡间的金蝉子,仍然不免一阵艳羡。当下连忙变化形象,挤出几滴泪,连声呼救起来。

“女菩萨,你是有什么罪过,缘何孤身一人,在此老林之中?”这便是阔别几百年后,金蝉子同她讲的第一句话了。只是他垂着眼,眼神端端稳稳地对着自己的鼻子。

地涌想要回答,方一开口,便先感受到他身上的气息。比当日在灵山时有些不同,更沉重,也更鲜明,与她往常熟悉的轻渺的仙佛气息有别,与此刻他身边的凶煞妖气也不相同。这是一个全然的干净的人身,衣襟下有一层薄汗,皮肤下是流动的血液。这不是她的恩人金蝉子,而是元阳未泄的唐三藏。地涌感到喉口一阵干渴,像是有砂纸磨过,她咽一口唾液,拿话试探。

“我……我生来无父无母,本就孤身一人在这世间偷生。”地涌低声说,“家里没有吃食,只得到这偏远处找些东西果腹。不想路上遇到一伙贼人,个个贪图我的美貌,父子兄弟,为我争执不休。大家都不忿气,索性把我吊在这里。眼看命尽,幸而遇到了长老,才有一线生机。若蒙解救,定不忘恩!”

或许是声音哽咽,这话竟真的打动了唐僧。他没领会地涌话里的暗示,反而自家先滴下泪来,那香甜气味也更浓烈了些。地涌感到尖牙正摩擦着自己的下唇,但是唐僧没有看她,回过头凄凄惨惨地唤道:“徒弟!”

地涌一愣,很快她听见一声笑。蛮横的妖气从后方涌来,将唐僧的气息微微地冲散了,地涌也短暂地回过神。

“沙僧,你听,师父在此认了亲也。”说这话的是个猪脸。地涌向他一望,他登时收了玩笑神色,半张着嘴,眼睛直直地望着她细心盘起的云髻,却没起半点疑心。凡间众人里,倒是这个呆子先见了她的样貌去,地涌咬了咬牙。

“八戒,这女菩萨在此落难,你快去救她下来。”

那猪妖应了一声,甩甩长耳朵,上前胡乱解着绳子。地涌怕有变数,本来就没系几道。猪妖空有色心,却不敢触碰她裸露在外的小臂,手忙脚乱中,竟还越解越乱了。地涌咬着唇,又去看那唐僧,他只垂眼念了一声佛。

“呆子!”尖利叱声划破片刻的平静。地涌嗅到金仙元气,扭头望去,见猪妖被个红眼睛的猴子推开。她暗暗叹息命运不公,孙悟空大逆不道,更杀孽无数,却有机会修成金身,比肩诸佛。孙悟空定睛向地涌一望,扯开嘴角露出个嘲讽的笑。

“莫管她,不过是个妖怪罢了!”

“你这泼猴,又来胡说!如何这一路来个个女子,都是妖精变化?”

“师父,你也信他。弼马温这里哄走了我们,却使个分身法,回头自来……”

“呔!那被人绑在树上做女婿的,难道是我么?”

孙悟空与猪妖争吵起来,唐僧似乎想要劝上一劝,抬头时,与地涌正望个对眼。他眼光惶然一闪,很快就瞥向他处。地涌心里一空,因为这神色分明是恐惧与厌恶。唐僧不顾孙悟空的劝告,执意解救下她,只是再也不肯向她正眼一望。接着,他们四个男子吵吵嚷嚷,又谁都不肯与她同行同乘。

在鼠精最不堪的时候,金蝉子的态度也是温淡如对友辈。如今她化为与他一般的人身,反成了异类,成了高僧重返西方的挫折了。猫与犬、童与老僧、哪吒与李靖、金蝉子与唐三藏,以至诸般神的影像此刻都立于眼前,重重叠叠,最终交会成一片审视的目光,既渴望,又厌恶,既轻蔑,又惊惧。地涌记起那形色皆空,三界众生,原来其心一也。

地里钻出的老妇所言不假,出了陷空山,不远就有一寺庙,唐僧师徒便在这里借宿。庙中尽是童身出家的僧人,地涌不必抬眼,也能听到他们的呼吸在自己经过时变得粗重,能闻到他们身上青年的强劲的气息,还有汗液里肉食的荤腥。想来凡尘中生命苦短,他们虽然日夜诵经,却早放弃了成道成佛的念头。

及至众人安寝,孙悟空一直守在唐僧前后,寸步不移。其实地涌已因那一眼泄了气,浑浑噩噩的,不知该作何打算;只是本能地随着那馥郁香气一路跟来,又因本能地惧怕孙悟空的金仙之身而收敛着摄食的气息。曾经一切的雄心、一切的计较,似乎不过造化捉弄。她曾以为,百般因果,不论高低都是由自己苦心孤诣地谋求而来,却不知其实是跟随了生命中遇到的那些男子的脚步,又任由男子之间的关系决定她的处境。这种追随,却又逃不过她的生身本能,饥饿的、惧死的本能。

夜半的钟传来第一声。

"一切有为法,如梦幻泡影。"老迈的声音在地涌心里念诵。她蓦地起身,推开了房门,走过佛前长明灯,推窗向那敲钟的年轻和尚一笑。

"小师父……"

正如第一回面见李靖一样,地涌天生就知道该怎么做。

她一句话不曾讲完,小和尚就已直了眼,臊红了面皮。抬手一指,小和尚便走到近前来,仿佛提线的木偶。她将这青年一把搂过,清瘦的体怀中是纯阳的气息。地涌低头向他一吻,趁他脚步绵软,轻易地按在地上。她咬住那人的肩膀,随便扯开僧袍,摸摸找找;胃里因为饥饿而抽动,她将牙关与手指一同收紧。她听到低弱的喘息声音。她感到温热的血液漫过了衣袖。元气灌注进丹田,她低沉地笑了起来。

或许是听见声音,又一个执经的和尚从廊上走来,探出半张脸来。地涌仰起头,嘴里含着些东西——她一时不辨那是什么部位,向这新来的和尚偏一偏头,"这位小长老,"她含糊不清地说,"你来。"

长明灯昏昏闪闪,或许这短命人真的没看出异样,脱手便丢下那本经书,自投罗网。地涌抓住他僧袍的前襟,让他跌倒在自己身上。她在血泊中翻过身仰卧着,晦暗中看不清这人的面孔,只感到这人的汗液或是口水落在她的腮边,地涌轻轻地伸长舌舔去。"你也是童身。"她满意地低吟,任由和尚忙着解开她的衣裳。好若观音的手指抚上这童男柔软的后颈,地涌将他拉近,低头咬破个口子,长牙深埋,她贪渴地吸吮。凡胎的元阳不比天界的香甜,但是地涌格外满足,这大概是她生平第一次反身决定了男子的命运。一时这和尚的身体也软了下来,地涌推开他,向最近的一间僧房爬去。衣摆浸了血液,在石板地上拖出黏腻的声音。

她爬上不知哪个的睡床,也懒得言语温存,只伸手在那惊醒的和尚胸前一戳,听到对方喘息沉重起来,便低头一吻,长长地吸了一口气,将温暖的精阳过入自己口中。那和尚未出一声,刚挺一挺身,便失了精神。连吃三人,地涌身上也微微地燥热,将血衣留在这张床上,摇摇摆摆走到后院。

后院里竟然又有一个青年的和尚,见了地涌,却浑然不觉,嘴里仍然念着经。地涌走近前,刚一伸手,却被这和尚不动声色地避了开去。

"怎么,你与别个不同么?"地涌笑着,矮下身子向他怀里撞去,"我要与你行那交欢鸾配的好事哩。"

"娘子,我自幼出家,哪里晓得这等事?"怀中的孩子没再躲闪,只是吞吞吐吐地说着。

"好弟弟,我正要教你呢。"地涌愈发笑起来,拨开他的衣袍,伸手向他下身摸去,不想却反被他绊了一跌。妖精的感官再度敏锐起来,她一个闪身,躲开了半空里劈来的一棒,那不落俗的小和尚早变回了尖嘴猴腮的模样。

"兀那妖孽,你可认得我老孙?"他厉声喝问道。

"我在灵山与金蝉子交好时,你还不过是个魔头呢!"地涌冷笑,变出双股剑来,与孙悟空叮叮当当交了一记,便心知不敌,恨声道:"如今你自成了金仙,有了改邪归正的道法,便等不及地来封别人的路了么?"

孙悟空一时哑然。

地涌得空,脱下左鞋指作分身,与孙悟空纠缠。真身则化阵清风,掠了熟睡中的唐僧,直奔陷空山无底洞而去。哪知洞中张灯结彩,正是一片热闹景象。见了地涌提着人过来,大小精怪都迎面赶来,嚷着:"老夫人大喜,果然抓住这唐僧了!"

唐三藏战战兢兢,只不敢则声。

地涌狐疑,回头张望,似乎见到先前那古怪的老妇向她颔首,又似乎只是一瞬的眼晕。她揩去嘴角的血迹,唐三藏一身香气绕绕袅袅。然而,许是先前精气已吸食得太满,许是被孙悟空一惊之下坏了兴致,许是她对这人当真还有些感激在怀,地涌到底踌躇了。

"金蝉子。"她试着叫他的名字,不出意外地没得到答应。便是在旧日,这般叫他的人也并不多。地涌绕到他面前,再度唤道:"金蝉长老。"

许久,那唐僧才开口应承:"娘子,有。"

地涌深深地叹一口气,知那旧日种种,如今只存于自己的妄想。思虑再三,终究不敢强将这如来弟子的元阳夺去,只含笑含泪地,握了一握唐僧的手。

"长老,你且记住,我名叫地涌,这还是你送我的名字。"她倒了一杯素酒,送到唐僧手里,"你见我貌美,便觉得可怖,岂合色即是空的道理?如果我是全身的观音,你还会如此怕我么?"地涌不错眼地望着他。

论及经文,唐僧似乎想要辩驳几句,却终未开口。洞穴外传来嘈杂声响,地涌将右鞋脱下,变作了个与她一般的女子,羞羞怯怯,如新嫁娘。

“长老,我要回去了,”她嗤嗤笑着,“不然,我那义父义兄又要来演捉拿我的戏法了。”

地涌错身,腾了云雾,向天庭飞回。不知是算错了时日还是怎么,她在凡间耽搁得并不算久,天上却过了不止一天。地涌也懒得细想,砸了妆镜,丢掉胭脂,将云髻散下,昏沉沉睡去。

再醒来时,哪吒又一次走进门来,向地涌一眄,笑得悠然:“妹妹你可听说,那唐僧历经九九八十一难,如今已回了灵山彼岸。”

地涌背对着窗子,不答一言。

任春晓,山东大学 2018 级文学院本科生,华东师范大学 2022 级文艺学研究生。

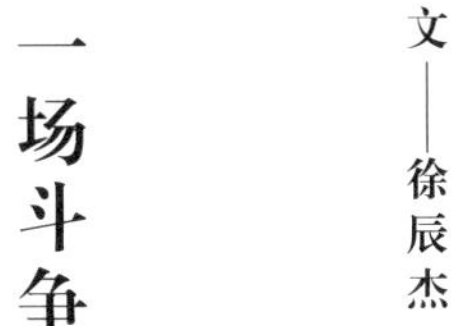

一场斗争

文——徐辰杰

我终究不是行家，多次尝试过后，只好坦率地承认，这道题凭我是做不出的。再没有比承认失败更容易的事了，因为我总是这样，今天理应不会例外。新学校带来改变的希望彻底落空了，好在事情也没有变得更糟：至少我不用在考试结束后忍受想听同学们议论答案又不敢的煎熬，不用在成绩公布时小心试探别人的分数——因为我没有熟识的人了。只要不参与，就不会被打败；挣扎只会带来更多的痛苦，何必不自量力呢？——问问别人吧，说不定还会夸我谦虚呢！

翻开通信录，一群陌生的名字使我发晕；点开看，只有添加好友时礼貌性的打招呼的话语。我记不清他们是谁，为什么出现在我的通信录里。我在记忆里搜索着，仿佛迷路的、缺水断粮的旅者在沙漠里寻找绿洲。“朋友”这个概念我见过，并不像微积分那样抽象：他们很自然地在一起玩，聊天、开玩笑，兴许还互相帮助——至少表面看来是这样——我只需要从记忆里找到这样一个人就可以了。

我和X爱看同一个动漫，可感慨完好巧，就陷入了长久而尴尬的沉默。我常请教Y问题，他难道不热情吗？看他埋头苦学，我准备好的话都被堵了回去，甚至为有打扰他的念头而生出罪恶感。Z和我可能关系最好了，那时坐在教室角落里的一度只有我们两个，后来调了位，他也像断了线的风筝渐渐淡出了我的视野……况且很多时候备注并不可靠，我甚至搞不清通信录里的这些人是男是女。之前似乎的确没有什么熟识的人。

或许我只是忘了他们的名字——我的记性越来越糟，有时连时间都忘掉——我记得在高中校园里，经常有人和我打招呼，有时我反应过来，对方已经过去了,自己的疏忽一定成了别人眼中的无礼。我意识到还是先打招呼,获得主动权为好,可他们的谈话声淹没了我的招呼声,没人回应我的问候,我尴尬地僵在原地,为自己的草率追悔不已。有时迎面走来一个人向我挥手,我刚抬起胳膊,后面就传来了“hello”,我只好装作伸懒腰。从此我尽量走人少的路,减少不必要的难堪。

我从朋友圈终于找到了一张有些熟悉的脸:清秀的五官,民国风的眼镜,笔挺的西装,银色的领带,连头发都是用发胶精心打理的——很难想象高三时他的头发乱得像鸟巢。我记得,他是班里的物理课代表。有次我没有完成物理作业,因为我并不会做。我恳求他不要记下我的名字,他答应了,脸上露出久违的高兴的神色,我也露出了久违的高兴的神色。他是个热心人,就他吧。

我愣住了,我并不知道怎样称呼他。叫名字显然是合适的,可惜我不知道他的名字。叫“同学”吗?可我已经不是他的同学了。事实上我一直都不是他的同学——那时我每天都在走班,课间匆匆奔波在不同教室,在每个班都难有持久的交情——现在也如此——这显然不合适。“你”太粗俗,“您”又太客套。好在系统自动弹出了表情包,我选了一只可爱的、胖乎乎的小猫,来掩饰我的别扭与紧张。

他回得比我想象的还快,同样是一个表情图。通常到这里,我的交流就收官了:有来有往,一团和气,虽然彼此还是不认识,好在留下了不错的印象,但我这次不是闲聊,解答题目重任在肩,逼我继续进行下去。

下面怎么说呢?我和他交情太少,打个招呼就请人做事,恐怕太不合适,总要先搭讪一下,套个近乎才好。我痛恨自己文辞匮乏,反复搜索竟想不到什么合适的句子。“刚刚在朋友圈翻到你了。”这是大实话,这样开头,突兀的对话变得合理了不少,加油!“几个月不见,你颜值提升了好多啊!”我为自己急中生智而兴奋:人总爱听夸奖的话,况且我特意用了年轻人爱用的网络用语,这句话一定拉近了和他的距离。“你还记得我吗?”我怕前面的陈述句激不起他的回答热情,陷入冷场,便抛出这个问题,也顺便尝试带出他的自我介绍,真是一石二鸟。

“哈哈,当然记得。”我慌了,他记得我,我不记得他,这次的交流已经不平衡了,如果涉及个人信息,我可就被将军了。“你是我的朋友啊!”看到这里,我松了一口气,看来他也忘了我是谁,否则不该用这种放之四海而皆准的说法。我一时间不知道该怎么接上去,既能顺着逻辑,还不揭穿彼此。正当我搜肠刮肚找词时,谢天谢地,解铃还须系铃人,对方主动化解了僵局。“请问你有什么事情吗?”既然他主动问,我也单刀直入吧。我把题目发了过去,然后是一阵沉默。

时间一分一秒过去了,我的心也越绷越紧。或许他现在有要紧的事,想直奔主题,以最快的速度结束对话,不然怎么会直接问我有什么问题呢?他明显没时间闲聊,我却接着问耗时间的问题,我实在是不知趣。或许他根本不想和我聊天,“请问你有什么事情吗?”是一个反问句,让我没什么事情就别闲聊了,这么明显的不耐烦我都看不出来,还继续讲话,实在是太愚钝了——万一他说出来尖锐的、不耐烦的话,恐怕我也只能受着。我把手机从静音模式调到震动模式,又把声音调到最大。啊,我可真是自讨苦吃,我明知道和他不熟,为什么偏偏与不熟的人周旋呢?

手机终于响了,我赶紧抄起手机看,手机没有抓稳,险些砸在脸上。可恶,是班级群里发了通知,更可恶的是,接二连三的“收到”使手机响个不停,没有办法分辨出他的消息。手机每响一次,我便充满期待地打开,看到“收到”,再失望地关掉,陷入自责之中,不断循环。“不要这样,”我宽慰自己,“是他问有什么问题,我回了他是什么问题,他还想怎么着,我也是占理的。”就在我即将崩溃的时候,他发了一条朋友圈。

照片上,他正在和Z一起吃麻辣火锅,脸上泛起红晕与汗珠。几年前,看到这样的事我一定会生气,可现在我习以为常了:只要有三个人在,我总会被冷落到边上,总是聊着聊着我就被边缘化了,我始终想不明白是怎么回事。现在我倒感到如释重负,餐馆里没有WiFi,他肯定因此误了回复。之前的怀疑,又是我多心了,不过谨慎一点总比马虎好。这时再催他就显得我太不懂事了,我要做的是给Z私信,他十有八九也会知道。真是一条妙计!

“你也来J市了吗?顺道来我这里逛逛吧。”我写道。Z很快回复,以行程太急、时间不够为由谢绝了我的邀请。这正合我的心意,因为我也没做请Z的准备。几乎同时,他也回复了,很抱歉地说他没有学过相关知识,也不会做这道题,建议我自行百度。虽然这不是我想要的答案,但我还是松了一口气,至少这场斗争,以我占上风作结。

可紧接着,更大的阴影笼上了我的心头,他怎么会认识Z? 他俩几乎同时回复我,想必有所商量,到底商量了什么? 他们有没有在饭间评论我,又是怎样评价的呢……

徐辰杰,山东大学2020级本科生。

散 文
Prose

国立山东大学校长赵太侔为校刊所作的两篇序(叙)言

文——张洪刚

近日翻阅山东大学校史资料时,笔者发现了两度出任国立山东大学校长的赵太侔先生为校刊《励学》《山大年刊》所作的序(叙)言,体现了先生对学术研究的重视和对校刊创办的极大热情。

赵太侔(1889～1968)原名赵海秋,又名赵畸,字太侔,山东益都人,教育家、戏剧家。1918 年毕业于北京大学英语系,1919 年留学美国哥伦比亚大学,学习西洋文学、西洋戏剧。1925 年夏,赵太侔回国,任北京艺术专门学校教授和戏剧系主任。1929 年 3 月回到济南,先后任济南第一中学校长、济南实验剧院院长、国立山东大学及国立青岛大学筹备委员会委员。1930 年进入国立青岛大学,先任文学院教授,后任教务长。1932 年春,国立青岛大学发生全校性罢课、罢考和驱逐校长、驱逐教授事件。教育部指令国立青岛大学进行"甄别"整理,同意原校长杨振声辞职,任命赵太侔为校长,并将国立青岛大学改名为"国立山东大学"。赵太侔接任校长后,"遵循仿效"前任校长杨振声治校成规,在原有基础上,更加重视广聘专家学者,充实教师阵容。由此,国立山东大学在成立之初,就形成了阵容整齐、水平较高的师资队伍。这一时期杨振声、闻一多、梁实秋、老舍、洪深、游国恩、张煦、姜忠奎、沈从文、台静农、闻宥、黄孝纾等名家在此任教,共创了山东大学文科的第一次辉煌。

在这种大背景下,山东大学师生教学相长,出版有多种刊物,如《山东大学校刊》《科学丛刊》《文史丛刊》《励学》《刁斗》等,另外还出版过一期《山大年刊》。这一时期国立山东大学学术刊物大量涌现,形成了浓厚的科学研究风气,鼓舞着全校师生的治学热情。赵太侔对这些校刊都给予了大力支持和鼓励,或为刊物题写刊名,或为之作序。

其中,山东大学中文系臧克家、许星园、冉昭德、李桂生等学生创办学生社团"励学社",并于 1933 年 12 月创办了综合性杂志《励学》。赵太侔对于《励学》积极扶持,于 1934 年 1 月 10 日亲自作序:

> 励学社诸同学:
>
> 励学半年刊的稿子已大略读过,只是序文却好久没有写出。因为一提到作序,习惯上总得说几句赞颂的话,总不免有点虚套,这时代粉饰表面的事情够多的了,似乎轮不到我们再来凑趣,并不一定说《励学》的内容不值得赞颂,但至少由我来赞颂是近于炫耀。
>
> 其次我想到说几句勉励的话,我希望同学们努力使这刊物负起阐扬文化的使命等等。但如果这使命不是包办性质的话,则凡属学术刊物自然都负担一部分,似不待言,更不须印在前面给别人看。
>
> 学术论著不外是学术研究的记录,有些记录而后有继续研究讨论

之凭借，而后有更进一步之研究记录，文化生命之延续及拓展确系于此，从学术团体本身来说，学术刊物又有其特别功用，它不仅报告社员的研究，而且催动着每个社员研究的努力。因为学术论著不仅是研究的结果，而常是研究的动力，有时作论著即是作研究，论著和研究多半分不开。所以我们可以说，因了由此刊物，而同学们的学业将益加精进。我个人觉得此点应特别置重，其价值反不在乎外求。感想如此。同学们如以为也可当做序言时，我也不反对。

赵畸

一月十日

赵太侔注重学术研究，倡办学术报告、学术演讲和学术刊物。在他的主导下，学校于1933年和1934年先后创办了学术刊物《科学丛刊》和《文史丛刊》，以便进一步开辟学术园地，发表师生的科研成果。赵太侔对于学生组织的学术和文艺社团，也给予大力支持和鼓励。当时在学生社团中，影响较大、成绩较为显著的是刁斗文艺社和励学社。刁斗文艺社创办不定期刊物《刁斗》，共出两卷六期，内容以文学批评、创作和翻译为主。《励学》为半年刊，内分文史和科学二部，刊载本校师生的文章，又以刊载学生论著为主，鼓励不同思想的争鸣。《励学》先后共出七期，每期二三百页，铅印横排16开。在刊发过程中，《励学》影响力逐渐扩大，引起了国内学术界的重视，甚至蜚声海外，连美国华盛顿国会图书馆也曾致函该社，全份订购该刊。

1934年6月第2期《励学》的本社鸣谢启事有云："敬启者蔽社成立之日，即策印励学。惟以经费所限，一再延期，终赖诸先生慨予捐助，第一期得顺利出版。嘉惠后学，至深铭感。谨将诸先生大名列左。以表谢忱。"以姓氏笔画多少为先后，共列了丁山、王詠声、王贯三、任之恭、杜毅伯、宋智斋、李珩、李先正、汤腾汉、孟礼先、胡铁生、郭式毂、庄仲舒、张怡荪、游国恩、彭啸咸、曾省之、傅肖鸣、杨善基、赵太侔、黎书常、刘康甫、邓仲纯、戴自修、萧涤非、薛盛斋等文理科26位先生的名字。这份鸣谢启事表现出赵太侔、游国恩、萧涤非诸先生对于学生办刊的极大热情和积极扶持，由此成就了中国学生刊物出版史上的一段佳话。

赵太侔在《励学》序中语重心长地勉励同学们"努力使这刊物负起阐扬

文化的使命”。阐扬文化是一项长期工作,该刊为发表师生成果提供了宝贵的平台,为人才培养起到了积极的推动作用。正如刘先进在《古稀之年忆母校》一文中回忆道:“我的这些同学中,臧克家文才出众,又刻苦用功……以后成为海内外闻名的文学家。许星园以后当上了北京颐和园主任,李桂生当了北京国税局局长,冉昭德为西北大学教授。”

1936 年 6 月,国立山东大学出版了《山大年刊》,这是山大第一本毕业纪念册。该刊由山大二五年刊编辑委员会编辑,国立山东大学二五级级会发行,青岛蓝山路醒民印刷局承印,版面为 16 开,道林纸印刷,软精装,枣红色皮面护封。在板块上,《山大年刊》分为“序”“校史概要”“六年来财政概况”“题词”“校景”“设备”“教职员”“团体及毕业同学”“生活”“文艺”“编后”“广告”等部分。

《山大年刊》叙言由山大校长赵太侔撰写。在叙言中,赵太侔回顾了主校以来励精图治,建设科学馆、工学馆、体育馆等设施之艰辛。希望学生珍惜全校师生同心戮力为学校博取的声誉,并对莘莘学子寄予厚望,“庶几诸生异日献身国家”。现将叙言全文摘录如下:

> 民国二十一年秋,畸奉命长斯校,时廿五年级诸生亦以是年入学,当沈阳事变之后,学潮甫告平息,师生之间,咸怀警惕之心,奋发淬厉不稍懈;又以杨前校长金甫先生成规具在,遵循仿效取则不远,用是数年间成效略有可观;尔后国难益亟,学校亦迭遭艰阻,畸之不才,竭其绵薄,勉为撑拄,其所经营诸有形者,若科学馆,工学馆,体育馆,水力实验室,实习工厂之建筑,以及仪器图书之添购,亦岁有增加,规模粗具,声誉渐起;凡此并全校师生同心勠力,有以致之,畸也何兴焉。今诸生方潜心进修,锲而不舍,而廿五年级毕业之期已届,念诸生今日之小成,得之匪易,不有记录,非独他时鸿爪无从印证,且将何以警惕于身,而开示于后,则兹刊之辑不可缓已。顾以时迫而多艰,观其记载尚未能达所期于什一,以致我师生间数年来之劳瘁,其无形者未由显著,抚躬自讼,宁不疚心。虽然苟即此以求其略,则寻踪问迹,旧事可追,缔造经营,艰难自见。庶几诸生异日献身国家之时,偶披斯编,当有鉴于往者之努力,而不至有懈于将来,是又区区之所厚望也夫。
>
> 民国二十五年赵畸谨叙

《山大年刊》是一册自山东大学建校以来,首次集中展示山大秀丽风光与师生风采的合辑,在编撰过程更得到了赵太侔校长与社会各界的鼎力支持。这份年刊从 1934 年度开始筹划,计划每年出版一册,但由于各种原因,直到 1936 年度才正式出版。这一期出版后,由于种种原因,未再续出版。

1936 年 6 月,由于国民党反动派对外屈膝投降,对内实行法西斯统治,山东大学的进步学生不断发起反帝爱国的民主运动。赵太侔以其校长地位,对学生运动甚感不满,采取说服、慑服等手段,冀图让学生“安心”读书,因此受到学生的反对。赵太侔又以“校纪不允,国法不容”为由,通过校务委员会议,两次开除进步学生,更加遭到学生的反抗,加之山东军阀停发对学校的地方拨款,先生被迫辞职。

赵太侔离开山大后,改任北平艺专校长。从 1939 年 1 月起,他先后任教育部教科用书编纂委员会委员,兼剧本整理组主任,国立编译馆编纂,中央训练委员会处长,教育部高教司司长、参事等职。抗日战争胜利后,山东大学于 1946 年 1 月复校,国民党政府复令赵太侔为校长。1949 年 6 月 2 日,青岛解放,他向人民解放军青岛军事管制委员会文教部代表王哲办理了山东大学的交接事宜。

1949 年 9 月,山东大学在人民政府领导下开学,赵太侔应聘为外文系教授。1958 年,山东大学迁往济南,他留在青岛海洋学院任教,兼任学院的学务委员。1968 年 4 月 25 日,赵太侔在青岛含冤投海自杀。1979 年 10 月,有关部门为赵太侔先生平反昭雪,恢复名誉。

赵太侔 1932 至 1936 年、1946 至 1949 年两度出任国立山东大学校长,对山东大学的发展、重建起到了关键作用。我们永远缅怀赵太侔先生!

张洪刚,山东济南人,任职山东大学文学院,山东省作家协会会员。致力于山东大学校史及历史名人研究,专著有《梁实秋在山大》《上庠振铎录——山大文苑往事》两部,编有《山东大学文学院史料丛编》(1～4 辑),并在《大众日报》《春秋》《山东大学中文论丛》《齐鲁晚报》《联合日报》等报刊发表文章百余篇。

春天·中国及其他(外一篇)

文——西杨庄

当迎春花盛开的时候,祖国的春天已经在诗人的笔端吐蕊绽放。窗前的布谷鸟开始了摇摆和歌唱;鸭子叨起了池中的清白,柳絮飘扬着鹅黄与嫩绿,燕子衔来了一季的清芬,而柔弱无骨的春风则与我一起迈步、一起阅读一本关于祖国、关于跨越、关于发展和春天的书,但见缤纷雨丝漫漫浸润了天地茫茫,空留下一行行奋进的足迹,“沙沙沙沙”地响着。

故事已经没有了细节。细腻的感情像充足了气的皮球在都市的繁华喧嚣中滚来滚去。上学的孩子口里嚼着口香糖,抬起脚踢了一下足旁的圆形。灿烂的青春与浪漫的幻想揉成了小说的序言。写书的人仍然在做着不着边际的梦,隔世的成就在虚拟网络世界的抖音或者微信中凝固成了永久。清贫已经不再是前卫的遮羞布,而口香糖的黏稠污染了口哨的洁白。绿色环保不再只是粘贴在塑料袋上的专利,晨起的原野上再也见不到拾荒的身影,远行的旅程里人们随意丢弃着一块钱一张的列车时刻表。行者的口袋中则热捂着发廊女孩的青春与甜言蜜语,尽管,那里面滋生的钩须掏走了客人的一张张花花绿绿的钞票,而遥远在死后的顾城则仍然在虚拟的边缘与假想的“敌人”对垒,尽情地摇滚着黑夜的狼嚎。

是哪个习惯了单身的女人扔掉了自己的孩子,一任幼嫩的声音在浪漫的山花中灿烂,而那仰望蓝天的乌溜溜的黑眼睛明亮得如同春天的空洞,鲜花一般的唇瓣早已经苍白成西方画家的素描,正在咀嚼的清脆响亮了整个山野,猫头鹰的利爪寻迹而至,警惕地发出了喜鹊的歌唱,展开的翅膀成了孔雀开屏,白天已经在黑夜的围攻下撤离出了光的界限,逐渐浓缩的是黄昏的谎言。继母的责骂与后爹的叱喝习惯成了韵味独特的唐诗宋词。袁枚的对联并不比含着大烟袋的纪晓岚差,可是他们在今天人的眼中早已经兑化成了酸儒的象征,一切,都已经湮没在前世今生的回忆录里,还有谁会记得芦苇荡内的枪声和卢沟桥的惊变?南京大屠杀的血腥味一直弥漫至今,右翼分子们的嚣张气焰仍然在狂涨。理想并没有在颓废中荒芜成一柱孤烟,黄色草根旁生的仍然是欣欣向荣,而我,我只是一个敢来南国采撷红豆的怀春少年,洁白的理想早已经在我的身上退化得五彩斑斓,我俯首倾听的不再是鲁迅的呐喊,那是思乡的旋律在响应一个迷途的精灵,一个早已经瘦弱得皮包骨头的预言,而一朵穿越了整个春天的迎春花,却继续盛开在这个春天和一个充满希望的早晨。

孩子们起床了。大黑熊挽着绒毛狗的手走进了白桦林的世界,大麦小麦与荞麦争相辉映,炊烟与水挽臂而行,只有篱笆还虔诚地守候在家门口,人们高兴地举着和平的牌子,唱着祝福的歌从大街小巷走过,晚间新闻联播里仍然在响着伊拉克的枪弹炮弹。

一切都在你的预言之中。曾经囚禁你的幽暗而又臭烘烘的囚室里的那面墙上,至今还有你画的一朵灿烂的迎春花,你说,那就是可爱的中国。如今,健康代替了疾苦,富裕替代了贫穷,灿烂与辉煌明媚了整个花园整个春天,而那些阴暗的天空中一直飘荡着蓝天与云朵,朵朵都是那么的洁白。凄凉的荒地上长出的是节奏分明的欢歌和现代化的劳动,是的,诺言与爱情都已经盛开成了艳丽的朝霞,那些充满朝气的少年男女用双手托起了欢笑,在青春的胸膛里绽吐骄傲。而告别黄昏的人们又是那么的快乐,再看一看吧,这才是可爱的中国!

站在春天的枝头微笑

站在春天的枝头,我向艳丽的迎春花微笑。

人活着最要紧的就是找对活着的姿态,就像窗外的这一簇迎春花,迎着料峭的春风第一个绽放,于世尘不顾,与喧闹不争,在柳芽嫩草的陪衬下独秀迎春,装点家园,馨香萦院,成为这个春天最早最美的风景,与拥抱春天的我进行着细致的交流。

春江水暖,站在春天的枝头,我神清气爽,身心完备,乐于在春华中走向人群,走向社会,与众多的文友乐陶陶地雅集在迷人的春天里。这种文人间的社会交流从没有离开水的环绕。历史上最著名的一次雅集,要算公元 353 年即晋穆帝永和九年在兰亭清溪旁的游春活动。那一次的参与者,有王羲之、谢安等 42 人,他们沿溪水两岸席地而坐,游戏着三月里的古老习俗——曲水流觞。酒觞被放置溪中,顺着弯曲的水流徐徐而下,如果恰巧停在了某人的面前,那人就要饮酒赋诗。永和九年的这次集会,就在春浓酒酣的水岸边诞生了一部诗集,王羲之还乘兴落笔,为这部诗集挥洒出了一篇序文,那就是鼎鼎大名的《兰亭集序》。那一个春天,灿烂的春光促发了社会群体间文思和酒意的交流,交流出的作品,为我们后世人留住了那一年的惠风和畅,那一季的茂林修竹,那一春的天朗气清,和那一群人游目骋怀之下,书写在春天里的生命诗情。

站在春天的枝头,我向对话春天的情感恋歌微笑。

春来花枝俏,站在春天的枝头,我看到开满迎春花的春天衔接了旧年与新岁的交流和碰撞,也对话出了一场春回大地的喜剧,当春发的勃勃生机对话着冬藏的冷寂萧瑟,我也忍不住以饱满的情感交流,谱写了一曲对话春天的情感恋歌。这情感之歌,关乎爱情,关乎友谊。

友谊的最高境界是友人相知,是一种肝胆相照、意气风发的交流。在这旖旎春色里,随着长长柳丝攀扯着思绪、灼灼花颜亮丽着娇羞,心灵的深情诉说也往往在此时草长莺飞,灵魂需要一段刻骨的交流,来开启情感的春天。所以,才有了俞伯牙摔琴谢知音的千古佳话,一曲《高山流水》,曲高而和寡,最终只有那个砍柴的樵夫钟子期才能听懂;所以,才有了廉颇向蔺相如负荆请罪而成就的“刎颈之交”;所以,诗仙李白与诗圣杜甫魂萦梦系

“故人入我梦,明我长相忆”,他们的友情也深深印进后世文人的心中,赢得“千秋万岁名”。

春天,是适于爱情生发的季节,爱情是悄然绽放在春天枝头的那抹最靓丽的景色,爱情是“哪个少年不钟情,哪个少女不怀春”的渴盼交流,如同春日的温煦柔化人心。所以,《诗经》里说:“野有蔓草,零露漙兮,有美一人,清扬婉兮,邂逅相遇,适我愿兮。”就在青草染绿大地的春光普照下,一个人怀着露水般清澈真诚的心施施然而来,就此惊艳了另一个人的生命。所以,《牡丹亭》言:“不到园林,怎知春色如许?”杜丽娘就是在她十六岁那一年的春天,于“摇漾春如线”的光景里觉醒了青春的需要,潜意识的渴盼转化为一段春梦,而后引来她与柳梦梅缘定三生的纠缠。所以,《西厢记》中美丽勇敢的崔莺莺,她的春心萌动也适逢暮春:“自见了张生,神魂荡漾,情思不快,茶饭少进。早是离人伤感,况值暮春天道,好烦恼人也呵!”古代文人多伤春悲秋,所谓伤春,正是一种闲愁无处排遣的闷闷不乐。也就是伴随春发时节,内心升起的一种情感需求。

站在春天的枝头,我向纯净质朴的大自然微笑。

在质朴纯净的大自然中,迎春花是每年春季第一个含笑吐蕊走进人间的报春使者;也是第一个在春暖花开的四月里悄悄凋零,不带走一丝一缕景致的隐忍之士。我欣赏它,不是因为它如玉无瑕的花朵、清新扑鼻的香味,而是它伫立枝头、傲然开放的那份自信、那份执着、那种姿态,这些似乎都预示着一种人生哲理。站在春天的枝头微笑着的迎春花已经成为占据我心头的一种风景,成为每个春季我探寻生命始端、寻找人生风貌的一种暗示、一种告诫、一份信念,更是人与大自然身心交流的翩然使者。

迎春花站立的枝头,有绿色在春风中苏醒,有鸟鸣在春晖中苏醒,有蜗居于寒冬的人们的身心在春天里苏醒。于是,惊蛰、春分、清明等就成为中华古礼中几个极其重要的节日,在这些节日里,古人最愿意亲近解冻后温暖的河水,在沐浴中荡涤污垢、驱虫消灾,全面唤醒蛰伏了一冬的身心,以健康振奋的状态迎接春暖。《论语》中记载着孔子曾问起学生们的志向,曾皙说出的场景唯独令他神往。曾皙说:“暮春者,春服既成,冠者五六人,童子六七人,浴乎沂,风乎舞雩,咏而归。”暮春三月,穿起春装,与成年朋友和少年儿郎一起到沂水里沐浴,在舞雩台上吹吹风,唱着歌归来——孔子感叹道:“这也是我的向往啊!”而这样的追求,与儒家一贯提倡的“后天下之乐而乐”的沉重并不矛盾。沐浴时,是真正将身心完全投入春天,融入了天地之道。在新一年的萌发时段,用天地间的洗礼涤荡身心,像是禅宗说的“时时勤拂拭”,掸去心里深埋的阴暗。这种洗礼,也类似于曾子说的“吾日三省吾身”,是一种自身的清理,理至身正心诚,而后才可任重道远的启程。

站在春天的枝头,我们欣喜地看到,河水川流正代表春天缓步走来,身与心就在这清清的水中实现了融融的交流,春的向新、向美、向生力量,也都经由身体淌入了人的内心。当我们告别水岸,行走在春天里时,一段新的生命风貌,已是徐徐打开。然而,站在春天的枝头,又有多少人懂得“高处不胜寒”的真谛。也许,我们应该从迎春花的那份洒脱、那份爽快中读到一份为人处世的真理吧?迎春花那朴质无华中透露出来的飘逸之风,那站立枝头而不恋高枝的洒脱之情,正是自身高雅的真情写照,也是大自然给予我们人类最美最神秘的礼物。

啊,迎春花,你站立在春天枝头的微笑,是那么傲骨毅然,是那么清妍绝伦,令我痴痴着迷,念念不忘。

风信花开

新房子装修后,我与妻子开车去花圃买些能吸甲醛、清洁室内空气的花草。左挑右选时,妻子指着一株上头为黄灰色、形状像洋葱又像乒乓球,下有60多条20厘米长、纯白色根须紧紧拥抱在一起且挤在孩童拳头般大小的透明玻璃座杯内的不认识的花问:“这是什么花?”当得知就是她喜欢的风信子而她却一直与它“素未谋面”时,价也不还就用20元人民币买了回来。

妻子很爱风信子,从买回它的那天起,这花便成了她的宝贝。她把风信子摆在了我们卧室临近阳台的柜台上,每日里总要瞅上十多遍,唯恐一不小心就会跑丢了一样。妻子反复叮嘱我,如果要观赏它的话,一定要轻拿轻放,切不可弄坏了漂亮的玻璃瓶,更不可弄伤了那个球形的风信子。她还叮嘱我,近段时间不可换水,因为花店的老板已经在水中滴加了营养液,足够维持它生活好一阵子了。看到她认真严肃的样子,我倒真不敢去触碰她的宝贝。

看到妻子如此迷恋她的花，我也禁不住对那棵其貌不扬的花开始关注起来。唯一能让我把它跟花联系起来的，是它底部的那些纤细白嫩的根，盘旋在盛满水的瓶中，错落有致，还真有点艺术品的范儿，这让我对它有了些好感。我上网查阅了关于风信子的资料，对风信子有了更多的了解，那个球形的就叫作“鳞茎”。风信子被誉为“西洋水仙”，其名源于希腊文阿信特斯的译音，原是希腊神话中被阿波罗女神所爱的一位英俊美男子的名字。此花原产于南欧和小亚细亚一带，为当今举世驰名的香花，以荷兰栽培最多，并畅销世界各地。

关于风信子还有一个凄美的爱情神话。传说英俊潇洒的美少年雅辛托斯和太阳神阿波罗是好朋友，而西风之神仄费罗斯也很喜欢雅辛托斯，且常为此吃醋。但雅辛托斯总是较喜欢阿波罗且经常和他一起玩耍。有一天，他们正兴高采烈地在草原上掷铁饼，恰巧被躲在树丛中的仄费罗斯发现了，仄费罗斯心里很不舒服，想捉弄他们一番。当阿波罗将铁饼掷向雅辛托斯之际，嫉妒的西风之神偷偷地在旁边用力一吹，竟将那沉甸甸的铁饼打在雅辛托斯的额头上，一时之间雅辛托斯血流如注。这名英俊的少年也因此一命呜呼了。阿波罗心痛地抱起断了气的朋友“唉！唉！”地叹着气，只见雅辛托斯的伤口不断地涌出鲜血，落到地面上并流进草丛里。不久之后，草丛间竟开出串串的紫色花，阿波罗为了表示歉意，乃以美少年之名雅辛瑟斯当作花名，直译为汉语就是“风信子”。从而，风信子成为情侣间守节的信物。

风信子是舶来品，原产于地中海东北部，在 19 世纪末(即清朝末年)传入我国。风信子植株低矮整齐，花序端庄，花色丰富，花姿美丽，是早春开花的著名球根花卉之一，也是重要的盆花种类。据了解，早先风信子的每茎花序上着花数只有 10～15 朵，而到了 18 世纪末，每茎着花数已上升到了 60 朵之多。当时，欧洲人很喜爱风信子，人工选育出来的新花色的风信子品种推向市场都能卖到一个很高的价位。如在 18 世纪发现的重瓣花品种“大不列颠国王”就是一个价格昂贵的品种，每个球茎售价达到 100 英镑。这种天价花卉，除了王公贵族可以赏玩以外，普通草民百姓只能望之兴叹了。而我们能够以 20 元的价格买到一株风信子，何幸之至！

妻子喜爱风信子到了“花痴”境界。风信子像刚出生的娃娃，长势是一天一个样。而它的每一次变化,都能引起妻子的尖叫与欢呼。“风信子长叶了!”两片翠绿的叶儿从鳞茎顶部冒出,叶片大约两指宽,顶部呈椭圆,像侠客手中的短剑,肥厚无柄。“风信子要开花了!”听到妻子的声音,我赶忙丢下手中的工作,仔细地端详了一阵子,在风信子叶片的中间果然露出了花柱。两根花柱迅速地从叶片中抽了出来,被九片叶子簇拥在中间,花柱大约有 15 厘米高,比叶子高出了三四厘米,大有鹤立鸡群的感觉。花柱的顶端周围密布着 20 来朵含苞欲放的小花花,呈总状花序排列。在妻子精心的呵护和悉心的关注下,“花儿开放了! 花儿开放了!”看到妻子手舞足蹈的样子,我也难掩喜悦之情。那花色是妻子最喜欢的白色,花由下至上逐段开放。每花六瓣,像个卷边的小钟。远远望去像是一幅灿烂夺目的油画,凑近观察,能闻到淡淡的花香,单纯而又典雅。

转眼一个月过去了,风信子也开始了鼓苞绽放时日,仅大年三十晚上到年初二早上的一天两夜之间,风信子就怒放成一盆鲜艳的花簇。粉白色的小花如风铃般优雅地簇生在花柱上,虽然缺了点想象中这花名隐含的摇曳和柔曼的花姿,但那一茎灼灼的白,略有间隙地聚在一起,点缀在仅有的两片宽窄有致的绿叶间,所呈现出的那种简单、别致、优雅的美还是让人眼前一亮。加之妻子在一旁对这花的成长极富夸张的精彩解说,更让这株绽放在寒冷之节的美丽风信子多了些其他花开时所没有的文化内涵。“白色风信子代表暗恋、纯洁清淡或不敢表露的爱。”妻子的话让我心中一阵荡漾,回头瞅瞅年已四十五岁的她,我突然觉得妻子的美如这绽放的白色风信子一样,呈现的是一种来自生命质朴的华丽和优雅,在自然、低调、乐观中散发出的是一种来自生命本质的清香与纯洁。

“你看那风信子,无论有没有掌声与赞美,甚至有没有关注的目光,它都毫不在意,总是静静地开放,默默地给大自然增加一份美,留下一抹香。”妻子是在说花呢,还是说她自己? 我一时之间有些迷惑了。

风信花开,香味溢满了房间。房间里的每个角落都被它的香气浸染。那花儿俊俊的,个性十足的美,既像在等待着人们吹响的小号,又像婴儿般稚嫩的小手,还像蒙着面纱的漂亮姑娘在翩翩起舞。那花儿细细的,精致纤巧的范儿,每一朵都有六个花瓣,外圈的三个宽一点,里圈的三个细一点,向外卷开,就像倒挂的风铃。可以想象,清风一吹,这数十只“风铃”如果能发出清脆的“叮当”声，定是极其美妙动听的。

风信子虽然没有牡丹的富贵，没有玫瑰的娇艳，没有水仙的高雅，它那小小的身躯，充其量只能算是点缀环境的一种小花。但是，我却被它那种朴素和淡泊吸引：非淡泊无以明志，非宁静无以致远！这两句话也许是对风信子精神的一种最好诠释吧。

杨军，笔名西杨庄，中国铁路作家协会会员、山东省作家协会会员、山东省散文学会会员、上海铁路局文联文协常务理事、徐州市作家协会会员、徐州市杂文协会理事，已在《短篇小说》《时代文学》《当代小说》《诗潮》《绿风》《吐鲁番》《中国文艺》《中国诗人》《青春诗歌》《佛山文艺》《散文诗》《中国铁路文艺》《人民日报》等刊物上发表诗歌、小说、散文等文学作品1600多篇（首），著有诗集《在温暖的雪中浪漫》《走出汪国真》，散文集《另一种潇洒》，长篇小说《情陷上海》《高铁脊梁》等。

年味三篇

文——孙丽丽

春联

“千门万户曈曈日,总把新桃换旧符。”贴春联,是中国过年时一种传统的民俗。

离春节还有十天左右,卖春联的便形成了一条街,他们在地上铺层塑料布,把春联的样品一一铺展开来,压上竹竿或拦上一根根绳子,免得被寒风刮走。一副副鲜红的春联,在冬日的阳光下闪着金光,熠熠生辉。还有各种红鲤鱼、千千结等饰物,红丝穗在风中飘飘扬扬,各类民间艺术剪纸也“登台亮相”,或婉约或简朴,充满着浓浓的生活气息,是春节市场上一道亮丽的风景。

记得小时候,每年春节临近,父亲就忙着上街买回红纸、墨汁,请本村的一位老教师来家写春联。父亲站在旁边毕恭毕敬牵纸,老教师紧握着乌黑泛光的笔杆,一脸的认真,浓黑的墨汁拉成一个个方块字。我们小孩则站在旁边看老先生一笔一画地走笔,但是不敢出声,家乡有个习俗,写春联时,小孩在旁边不能乱说话,据说是怕万一说出不吉利的话,会影响新一年的运气。春联写好后就是贴春联,母亲忙着用小麦粉熬些浆子,哥哥站在板凳上,用一把刷子蘸上浆糊往门框上一刷,我负责把春联递给他,大门、内门都一一贴上,院内屋里红彤彤一片,格外喜庆。

奶奶曾经告诉我,春联一般都是年三十早上贴的。贴春联就是封门的意思,不让恶鬼进来,保证全家平安幸福。旧社会的时候,穷人欠账多又无力偿还,腊月二十五六就早早贴上了春联了,要账的人见封门了,就不能要账了。《白毛女》唱词中“门神门神扛大刀,大鬼小鬼进不来”印证了这种说法的正确,但黄世仁年三十晚间到杨白劳家里逼债,抢走喜儿,逼死杨白劳,看来黄世仁真是十恶不赦,不将古老的习俗放在眼里,让穷人的年也过不成。

小时候生活在农村,对那时的春联记忆犹新,屋里贴上“人丁兴旺”,鸡窝贴的是“金鸡满架”,猪圈贴的是“肥猪满圈”,粮囤上贴的是“年年有余”,大院门口的树上一般要贴上“出门见喜”四字。多是些大吉大利、大富大贵的春联。听老人讲过一个笑话,过去农村人多是文盲,求人写来春联贴在家中,由于不识字,把“肥猪满圈”贴在屋内,将“人丁兴旺”贴到猪圈里,贴反了,听了不由笑弯腰。那个年代,老百姓不识字,但老百姓并不缺少智慧和幽默,有人夸春联写得好:谁谁写的春联,字是写得真黑!

如今写春联的老者,大多不在了,现在很少有人擅长毛笔书法了。春节将近,街头卖春联的依旧是过年的一道风景,内容不外乎发财、吉祥、平安,适合每一个家庭,来来回回重复着,谈不上什么寓意深刻,想读到让人耳目一新的春联,难也!

腊八一过,浓浓的年味就来了,随着在外游子的返乡,乡村渐渐变得热闹起来。农家小院、巷陌人家,杀年猪、捞年鱼、做豆腐、打糍粑、打扬尘、贴春联……勤劳质朴的家乡人,沉浸在置办年货的喜悦中,而把来年的愿望寄托在春联里。

品读春联,其实是春节的一大乐事。如果细心品味一番创作者的巧妙构思或独具的匠心,以及多姿遒劲的书法艺术,这是一种精神上的享受。有“天增岁月人增寿,春满乾坤福满门”的传统春联,也有清新、典雅、如诗如画的春联,如“燕尾似剪破碧水,杏枝如画倚轻烟”“一湾野色垂杨柳,十里春风送花香”,彰显着主人的文化底蕴和情志。

曾看到一副春联,觉得好搞笑:酒还是往年的酒,烟还是当年的烟。横批是:平平常常。但细细想来,这位主人一定是一位文人,有着对人生淡泊之境的感悟,平平凡凡才是真。

我最喜爱的一副春联,是“平为福,居之安”。每当春节的时候,总是喜欢看那些对仄工整、押韵反映时代气息的春联。比如“一夜连双岁,五更分二年”,比如“一元复始,万象更新”,比如“勤俭是美德,劳动最光荣”。我家年年有这副春联,这俨然成了家训,一生勤俭才是最美好的品德,唯有劳动才是最光彩的事业。我想我的勤勉与这记忆里的春联,一定有关系。

春联在一千多年前就有了,据《宋史·蜀世家》记载,后蜀主孟昶令学士辛寅逊题桃木板,“以其非工,自命笔题云:‘新年纳余庆,嘉节号长春’”,这便是中国的第一副春联。

年年把春联刻在桃木上,“总把新桃换旧符”终究太麻烦了,于是聪明的古人,便把象征吉祥喜庆的春联写在红纸上。热情洋溢的中国红、飘逸隽秀的书法、吉利喜庆的语句,形成一种独特的春联文化,让年味浓起来。

明代陈云瞻《簪云楼杂话》中载:“春联之设,自明太祖始。帝都金陵,除夕前忽传旨,公卿士庶家,门上须加春联一幅。”朱元璋不仅亲自微服出城,观赏游乐,他还亲自题春联。他经过一户人家,见门上不曾贴春联,便去询问,知道这是一家阉猪的,还未请人代写。朱元璋就特地为那阉猪人写了“双手劈开生死路,一刀割断是非根”的春联。联意贴切、幽默。经明太祖这一提倡,此后春联便成为习俗,这种表达新年喜气的形式就渐渐“飞入寻常百姓家”,一直流传至今。

无论什么年代,春联欢乐、幸福、祥和的主题始终没有变。春联,就是用来渲染节日的气氛,意味着把日子过得红红火火。春联就像腊月雪地里绽放的红梅,迎接新春的到来,送给人们温馨的祝福。

春联家家都贴,没有那红红的纸、黑黑的字,似乎就不像过年。

鞭炮

“新年到,新年到,女戴花,男放炮。”在我们家乡有这样的民谚。爆竹声送走了旧的一年,迎来了新的一年。

“爆竹声中一岁除,春风送暖入屠苏。千门万户曈曈日,总把新桃换旧符。”过去,每到过年,母亲都会给我们一两块钱去买鞭炮,当时生活拮据,买挂鞭炮是很奢侈的事。哥哥不舍得成挂地放,只得拆开细水长流,一个一个地燃放。因为鞭炮少,玩时总想出花样儿,有时,把点燃的鞭炮扔到河边的冰上,看它能否炸裂冰块;有时,把鞭炮插到雪人后背上,看雪花四溅的情景。我们最爱到村头的小河边炸水,手捏鞭炮点燃,瞅准时机抛入河中,“嘟”一声腾起一股水柱,也腾起一阵欢叫……那时鞭炮是有限的,可欢乐是无限的。

儿时“拾炮”带给我们不少乐趣。春节前后的几天，只要听到谁家有鞭炮声响，便跑过去“拾炮”，因为炮盘里有没爆炸的哑炮。那时小也不懂什么叫危险，鞭炮在树上响着，下面一群小孩在满地碎红纸里扒拉起哑炮来。哑炮已经没有捻子，不能燃放了，但我们有自己的玩法，把哑炮从中间掰开，露出黑色的药面儿，用火一点，刺啦啦一阵火光，引来阵阵尖叫声，我们都喜欢玩这种“刺花”游戏，看谁的花大。

现在家乡人形容人急慌，常说，你看你慌得像拾小炮的一样。“拾炮”是件危险的事，有一次，哥哥拣到一个大鞭炮，放在棉袄口袋里，想不到那鞭炮竟不一会儿在口袋里炸响，把哥哥的棉袄口袋炸了一个洞，母亲惊恐连连，连说谢天谢地，没炸着孩子。从此母亲再也不让我们拾鞭炮，不听，就狠骂一顿，我们也就少了许多乐子。

记得有一年寒假里，哥哥到他同学家去玩，同学家是做鞭炮的，哥哥便找了两个不用的课本，做了几十个炮仗，并编起来，像盘小石磨。哥哥是跟同学学会制作炮仗的，做炮仗需要插捻儿、填充火药、封口三道工序。先在打成捆的炮筒有小眼儿的面，依次插入火药捻儿，再用钉子在两侧钉一下，将火药捻儿固定住，防止漏风和松动。然后把炮筒倒过来，在有大眼儿的面黏上纸，用手压一下，再用筷子头一一捅破，露出炮筒的大眼儿，倒上火药“顿”实，最后用胶泥封口，砸实。炮仗做好以后，用药捻儿编起来。

那次，借哥哥的光，我们总算奢侈地过了一次鞭炮瘾。

在我们当地，不会放“雷子”，就不是男子汉。雷子就是大而粗的鞭炮，放雷子不是放在地上，而是一手点燃引信后，另一手向天空扔去。雷子在空中画了一个弧，然后在空中“啪”的一声炸响，顿时纸屑洋洋洒洒地飘下，如天女散花。

小时候放鞭炮，胆大的男孩点是喜欢一手捏住鞭炮的屁股在手上放，有种“视死如归”的气魄。“二踢脚”威力大些，立着放，“啪”的一声窜向半空，“咚!”凌空爆炸，很刺激！不过“二踢脚”容易失控，有危险。

我小时候喜欢玩一种“提了筋儿”，它不是鞭炮，有半尺来长，燃烧后发出“嗞嗞”的耀眼的火花。一边跑一边甩，可以在空中画出无数“星星点灯”的图案。还有一种“摔炮”很有趣，往地上猛地一摔，就会发出“啪”的一声爆响。有调皮的小孩趁别人不注意,猛地把“摔炮”摔在其脚下,突然造访的一声爆响,往往把人吓一大跳!

春节前过小年,祭祀、贴对联都少不了放挂小鞭炮。而在除夕之夜,要放一挂最大、最长的鞭炮。这时爷爷总是摆好香供,烧起黄豆秧或芝麻秆,火苗燃起来,整个院子亮如白昼,噼噼啪啪的声音,预示着来年风调雨顺、收入节节高。

这时会有一大挂大鞭炮,有五六米长,被折叠两三下挂在院子里一棵老枣树上,哥哥拿着正在燃烧的芝麻秆,轻轻一触信子,迅速离开。不一会儿,“啪!啪!啪!”鞭炮声此起彼伏地响起,划破夜空,响声震耳欲聋。我则靠在堂屋门框下,双手捂好耳朵。不一会儿地上纸屑一层,如同下了一场雪。

古老的中国,对放鞭炮情有独钟,据说,很早的时候,老祖先放鞭炮,是为了吓跑“年”这种野兽。后来,人们不仅在春节放鞭炮,婚丧嫁娶、生日满月、修房造屋、迁坟动土、金榜题名、开店庆典、买房购车、升官发财……都少不了噼里啪啦的鞭炮声,似乎少了鞭炮便少了一种喜庆气氛。一阵震天的炮响,似乎在告诉人们,我家有大事了。放个鞭炮本也无可非议,但有些人却把这事儿做得有些“过了”。鞭炮的噪声太大,远远超出了耳朵能够承受的正常分贝,有的人不分地点地放鞭炮,干扰了人们的日常生活。

如今,那简朴、狂野而欢乐的年俗已留在了岁月深处。当年那些烟花鞭炮营造出的绮丽世界,为春节平添了一份浓烈的喜庆。现在不缺钱了,却失去了放鞭炮的心情,于是有人问“年”去哪里了?有人问时间去哪里了?有人问激情去哪里了?

年少时,家境清贫,不敢有多少奢望,拥有一小挂鞭炮,便无比地愉悦。现在明白,幸福是一个相对的概念,与金钱数量无关,它取决于我们的愿望是否得以实现。现代人幸福感很淡,因为一切来得那么容易,即便拥有整箱的三千响大红鞭炮,也懒得燃放了,只是点燃后就转身离去,再也没有了往日那种因巨大喜悦而迸发出的欢呼声。

饺子

俗话说:“舒服不如躺着,好吃不如饺子。”可见老百姓对饺子的喜爱。

寒冷的冬天,端上一碗香喷喷热腾腾的饺子,饺子皮韧性十足,很有嚼劲,饺子馅散发着诱人的香味,蘸着蒜末儿,趁热吃下去,真是酣畅淋漓。饺子不仅味道鲜美,而且承载了古老悠远的文化内涵。

饺子象征着团圆吉祥,尤其在北方过春节,饺子是必备的年夜饭。这时家里的每一个人都行动起来,扎上围裙,剁馅的剁馅,和面的和面,一切准备就绪,一家人围坐在一起,一边说笑,一边包饺子,场面格外温馨。当夜幕降临,鞭炮声响起时,女人便忙着去下饺子,男人忙着放自家的鞭炮,鞭炮声此起彼伏,这时听到女人喊“吃饺子喽!”

第一碗饺子,先敬天神,祈祷来年风调雨顺、家人平安,女人双手捧上冒着热气的饺子,神情是郑重的。接着一碗碗热气腾腾的饺子被端上餐桌,还有各种各样的美味佳肴,在推杯换盏之际,每一个人情绪都格外高涨,这时年味愈来愈浓了,大家满面红光,相互说着祝福的话语。

包饺子要先和面,“和”字就是“合”,饺子的饺和“交”谐音,“合”和“交”又有相聚之意,所以用饺子象征团聚。

记忆里,母亲把和的面醒好后,娴熟地将面团揉来揉去,然后用双手搓捏成细细的一条,菜刀在面剂子上错综落下,小面团在手腕下欢快蹦跳而出,这时撒点面粉,用手轻轻揉扁小面团,拿起擀面杖,左转右旋,一个个圆润筋道的饺子皮被甩出来。将饺子皮对折,填馅,两手四指交叠拇指轻轻一挤,肚皮鼓鼓又玲珑秀气的饺子便做成了。母亲喜欢把饺子做成元宝状,寓意财源滚滚。

第一次包饺子是母亲教的,我拿张饺子皮在手心,放入适量的馅,面皮合起来,先是在中间一捏,然后是两手把两边的皮抖在一起,再用手捏一遍即可。一开始,我的两只手好像不听使唤,捏出来的饺子不是边太宽,就是松松垮垮,样子很丑,当然煮出来也丑。后来包的次数多了,饺子包得越来越漂亮、精致,边上还带着细密的褶儿,像极了母亲包的那种。现在我包饺子熟练了,想包什么形状就包什么形状,想做什么馅就做什么馅,有一种驾轻就熟的恣意。感觉无论我们做什么事,只要修炼到一定的境界,就成了一种享受。

做饺子,皮要好。现在超市里卖的饺子,多不经煮,皮吃起来也没有韧性。所以自己和面做面皮比较妥帖,软硬适中,面要多醒一阵子,这样的面皮吃起来筋道。擀皮子要做到中心稍厚,边缘稍薄。包饺子的时候一定要用手指捏紧,常听母亲念叨:“饺子不要样,来回捏三趟。”有的人包饺子,用拳头一握就是一个,相当熟练,快是快了,但总觉缺少点什么,煮出来一个个的面疙瘩似的,没饺子样。

饺子馅的内容比较丰富。一般说来,有韭菜、芹菜、大白菜、香菇、猪肉、牛肉、羊肉等,我则喜欢用野菜做馅,如荠菜、婆婆丁等。不同的馅有不同的说法,如韭菜寓意“久财”,芹菜寓意“勤财”,白菜寓意“百财”,香菇寓意“鼓财”,人们图的就是一个吉利。也有另类用红糖或豆腐做馅的,过年时人们喜欢把硬币包在饺子里,这种做法太不卫生,不如用红枣或枸杞代之。

剁菜馅要比剁肉馅轻松,只要不把菜弄到菜墩外面就可以了。用萝卜做菜馅子时,萝卜切成丝,在锅里煮一煮,用纱布包起来挤压出水分,再剁碎。否则包的时候,馅子易出水,饺子容易破裂。

煮饺子时难免有漏馅的,再怎么专注地捏,也有一两个因面皮沾了菜、油失去黏性而没合好,难免要煮破。国人说话注重语言的吉利,煮破了不说破,说睁,“睁”“挣”谐音,仿佛坏事又成了好事。儿时记忆里,煮饺子时屋子里充满了热气,我跟在母亲身后,就要吃那饺子皮儿。

小小的饺子大有一包天下的气势,有田间白菜、菠菜、韭菜等,有名贵的海参、鲍鱼、鱼翅等,只要是菜市里见到的菜,都可以被饺子囊括其中。这正如我们芸芸众生,每个人都有各自的脾性,但经这一包便成了一个整体、一个阵营。包,有包容之意,包在一起,容在一处,才是完美。

“冬至不端饺子碗,冻掉耳朵没人管。”传说,医圣张仲景卸任长沙太守返乡时,恰逢隆冬大雪,天气异常寒冷,当地百姓挨饿受寒,不少人的耳朵冻烂了。张仲景将锅里煮好的羊肉和祛寒药材捞出来切碎,用面皮包好,再下锅煮熟分给冻烂了耳朵的人吃,结果那些人不久耳朵就好了。因这种食物形状颇像人的耳朵,便被取名为“娇耳”。人们很感激张仲景,仿照“娇耳”的样子制作过年的食物,并在春节早上吃,后来这种吃食作为习俗延续了下来,成了专门庆祝重大节日的食物。饺子就成了一种节日的象征。

“冬至饺子,夏至面”,这句俗语提到了北方有冬至吃饺子的习俗。冬至是数九寒天的开始,预示着寒冬的正式来临,人们要经历九九八十一天寒冷的煎熬。据说,只有这一天吃了饺子,在最冷的时候才不会把耳朵冻掉,往后的八十一天才能顺顺利利的。

有一天,我出差回来已是深夜,冬天是寒冷的,忽然看见街头一棚子里依然亮着灯光,那灯光下有着团团热气,显得格外温暖,想不到竟是一家饺子小吃部。我要了一碗,有二十个韭菜馅饺子,很香,一碗下去,头上冒出了丝丝汗珠,很是过瘾。

有的人胃口特别强,可以连吃几天饺子而乐此不疲。饺子皮毕竟是没发酵过的面,不太好消化。我吃饺子顶多吃上两顿,再吃胃就提出抗议。

饺子有不同的加工方法,有蒸着吃的,有烙着吃的,有炸着吃的,有烤着吃的,有煎着吃的,大多数人是煮着吃的……水饺一词便来源于此。

饺子,常常包的是一份亲情、一份家的温暖,小小的饺子包住了希望,包住了美好的未来。

孙丽丽,笔名孙荔,专栏作家,发表作品200余万字,作品散见《小说月刊》《短篇小说》《厦门文学》《牡丹》《北方文学》《广西文学》《中国铁路文艺》《安徽文学》《散文百家》等。其作品多次获奖,有30多篇被选入中学语文试卷大阅读题,有的被译成英文。代表作有散文集《虞美人》,随笔集《不是风动,是你的心在动》,小说集《青衣阿伶》《小镇姑娘》《鸦片茶》等。

诗 歌

Poem

牛耕的诗

文——牛 耕

三言两语

茶场里有一束红山茶的插花。质料因有碍于我们搬走它。

马车赶上汽车时,慢悠悠是训诂学里的一个无穷小,

亚里士多德拖着剩余的三个半轮子:形式因、动力因、目的因和吾爱吾师。

形而上的准星瞄了又瞄,词既不是物,也不是圣诞后的第二天。

而在导论里,吾更爱真理;而在罚单里,红山茶喜欢寄居蟹。

2014 年 12 月 26 日

虚怀

常常,他骑上谷地里的木骆驼,
押着尚未成形的新韵。
像一个点燃的影子,
憩息在它驼峰般的战栗里。

辩论有时激烈,有时显得多余,
(假山后面是蔚蓝的梯子)
他用老式钢笔,倒提着修昔底德的谜面,

看它们被剩余的泥丸裁开。

“尽管难堪,尽管落了锁,
但这并不就是一项罪错。”
有人感叹着
收回了影子里的细线。

瑟瑟如荻花,
他分拣着来自他人的宽赦。
夹层里有一把钥匙,
谷底里布满了生锈的耳朵。

仿如一株雌雄同体的小丑,
他听从豹纹纸的呼唤——
将墨水献给了
衬裙里那一体两面的孤波。

2015 年 12 月 8 日

纪念霍金

——或流向不完备

矮树丛里有分岔的溪流。

哥德尔[①]用他的米作坊
为你研磨着流鼻涕的童年。
去年的苹果
还在引力和记忆中与你拔河。

---

① 哥德尔(1906~1978),美籍奥地利裔数学家、逻辑学家、哲学家,他在 1931 年提出了著名的哥德尔不完备性定理,通俗的表述如下:一个试图知道全体的部分,不可能逃出自我指称的限制。

而你需要若干散落的河滩，
在智力之外
去成就一段有距离的孤独，
以便让自己能够
“全心全意地属于我的国家”[①]
仿如用舢板和急就章
罗织着海员
在烟灰缸和晾衣架上
留下的卡里布蓝的投名状。

哎，你的胸中从此
少了宇宙的寂寥，而多了
让寂寥去刺探你的病躯的
宇宙的孤独。

仿如不完备的溪流
分岔着莫可名状的矮树丛……

2018 年 3 月 14 日于济南，惊闻霍金辞世

“游泳到彼岸”

长舌妇话短的一天。
晨风提摄着虫鸣的
小悲咒，伺隙

① 语出爱因斯坦(1879～1955，他的生日也是霍金的忌日)《我的世界观》，全句如下：“我实在是一个孤独的旅客，我未曾全心全意地属于我的国家、我的家庭、我的朋友，甚至我最亲近的人，在所有关系面前，我总是感到一种距离，并且需要保持孤独——而这种感受与日俱增。”

穿过了西边的戒毒所和康宁医院。
沿寺山路开花的曼陀罗
参着当体即空的露水禅。

闭关打坐的水文站
向燃了香烛的观光客
发出船在海上的邀请——

他想起马在山中,
不规则的修饰词
摊开云图里不规则的凉。

凡士林爽滑的正午,
斯人心中闪过
“游泳到彼岸”的一念。

2018 年 8 月 7 日于济南,时值立秋

致朱晓玫[①]

黑键,渡我以悲无量的劫波;
白键,渡我以欣无涯的桨叶。

琴箱用溪流的寂静,提拉着欲海里的耳朵——

仁者赐我以迷途、悬月、黑森林、知更雀,
仁者赐我以息讼的云杉和澡雪的耳蜗!

2018 年 12 月 24 日夜于济南

---

① 朱晓玫(1949～),女,法籍华裔钢琴家,以弹奏巴赫《哥德堡变奏曲》而闻名。

自画像

一个带壳的懦夫
重叠着一个带刺的男低音

热血的枪手弃台而去
隐秘的脉象来到人间

现实是一柄斧子
还是一款梨膏?

象群北迁,南面是河车之国
文词在中间合成多余的羞愧

我有我借假修真的形骸
我有我永难道得的笨拙

上推三代我曾为用躬耕表达木讷的一介草民
下延三年我仍是轻得不能再轻的一棵塘苇

2021 年 9 月 2 日

幽戚之诗

——悼念诗人胡续冬[1]

神秘的手气收走了你的通话卡
神秘的德尔塔在瑟缩的死角中

① 胡续冬(1974~2021),原名胡旭东,民间人称“胡子”,生于重庆,长于湖北,求学并工作于北京。生前系北京大学外国语学院世界文学研究所副教授、北京大学巴西文化中心副主任。长期从事诗歌写作,被视为 20 世纪 70 年代出生诗人的代表性人物。2021 年 8 月 22 日(农历七月十五),因突发疾病在北京去世,享年47 岁。

开挂一张悬念政治的丢番图
它五十纳米的身躯标记了华尔街五百米的岔路

我爬上三十层的办公楼
因纽特人打造的无雪的格子间

一个上午封住日历表和吃惊的水位
读孤岛的朋友黑体字的悼亡诗①

花鸟虫鱼皆赴自性空的长生殿
日月星辰胡迁诗歌的乐土苑?

要留住一位诗人形象的智慧和年轻
再为他添上一笔古惑仔的热情

仿如新诗案录入了狮吼与棒喝的一听
仿如亲见知识敦化异次元的扫地僧

2021 年 9 月 1 日初稿,9 月 5 日改定

交织的火焰或告罄的诗艺

不得已,我动用了你
允许走神的加冕仪式,
在一架似有似无的祈告的风车前。

无人称的有为我送了一个黑皮箱,
有人称的无拿走了我的一盆天竺葵。

① 海南诗人蒋浩的诗作《悼亡友胡续冬》。

在造物的恩宠里，
你是天使基金会的根目录
派给我的一出文史化的苦肉计。

你用星空的转速
引我避开了一串格言体的雷震。

你的颟顸化身看不见的破绽
让我的螺旋桨划向摸得着的深水区，
小一号的杜甫从此夜不倒单。

你的勇气常常取决于我的软弱，
你的幽默放大了我的果决。

我不反对镜子，
但反对镜子里的一根筋
用它的吃相来争夺你的快感和美感。

我摸到一个门牌可叫心外执物？
我打完一通电话从此物外无心。

2021 年 9 月 9 日

牛耕，本名牛玉波，男，1970 年 4 月出生于山东省新泰市，1993 年 7 月毕业于山东工业大学。1992 年起开始写诗，兼写评论。至今积累诗作 300 余首，诗论 50 余篇，部分曾在《作品》《红豆》《诗收获》《时代文学》《新文学评论》等刊物发表，曾获首届北京文艺网国际华文诗歌奖百优奖、全国冶金文学奖一等奖、泰山诗歌奖银奖等奖项。作为山东“极光”诗群的成员，曾参与民刊《极光》的建设。现供职于山东省一家大型国企，从事科技创新和管理创新工作。

光炎的诗

文——光 炎

秋日私语

民间谜语:左边青,右边黄;左边喜雨,右边喜风。

一

秋风从背后吹来
马蹄子似的秋雨
踢踏着大地

二

风一刻不停地运送着云彩
好像在给谁腾个地方

三

玲珑剔透的雨滴
湿润焦渴的记忆深处

四

风是透明的缰绳
再也拽不住了
黑白

一分为二

只求你
送来一枚红叶
温暖她眼神的迷离

五

一枚银杏叶
孤零零
飘
落
摇曳着生命的美学

六

风的手指
把秋天的册页打开
宛如绵绵的话语

七

天漏了
夜被冲刷得更黑了
四处逃窜的水
让大地结满了皱纹

八

秋天来得太快
风使劲一吹
雨踉跄一下
一棵棵绿了很久的树
露出的肌肉何其苍白

秋蝉

我是大地的歌手
为了唱遍整个夏天
我不惜攀上高枝
不放过一个温柔的耳朵

在秋夜
以突然的一声嘹亮
刺痛
深夜的神经

蝉蜕

那只是一间空屋
主人遗弃他而去
任你怎样敲门
留下的
只是一点点悬念
一丝丝回声

往事

往事是一尾鱼
梦的鱼钩
沉
下
去

星星

天衣无缝吗
密密麻麻的纽扣

空间

鸟在笼子里
我在房子里

鸟有翅膀不能飞
我做梦都想飞

流星

可能是寻找什么
走了很远很远

耗尽最后一丝力气
消失在天边

丝瓜花

细细的青藤
装点着篱笆
一朵小黄花
爬到了别人家

光炎，原名姜光炎，山东省青年作家协会原副主席，现为山东省作家协会会员。20世纪90年代先后在《诗刊》《星星》《诗歌报》《莽原》等30余家报刊发表作品，曾获《山东文学》首届腾飞奖、山东省作协征文奖等省级奖励10余次。1999年，出版诗集《冬夜听风》。2000年，济宁市文联、济宁日报社联合召开“姜光炎诗歌作品研讨会”。

吴子恒的组诗：向晚迷途指南

文——吴子恒

李幼富

你的名字远比你活得久。你移居地底时
未带走它。它还活在电费单、户口本，
甚至，你使用过的一切事物里。祖母
花费了很多时日，才学会不去提及

条案上老式摆钟滴落的轻响，你也
不带走。母亲伴着钟声，从厨房
盛来你钟爱的鱼头豆腐汤
鲜白的汤，供奉着你遗留在相框的笑

父亲则坐进黑暗里,对着门外
更深的夜色,摁灭了他最后的一支烟

祖父,“从所有的器物我听见逝去的流水”[①]

成熟

很多影子在倒伏,秋天
慢慢旋下大地间接的痉挛
一把镰刀
握着时间的寂静
割断了沉默,沉默的记忆
悲凉的嗓音俯身呼唤昨日的乳名:
“甲……乙……丙……丁……”

我幻想一个春夜,月色的袈裟下
它是唯一的第三者,催促祖父从床上爬起
去往一处田垛,一片山坡
照看自己的沉默
然后用语言给每一株秧苗命名:
“甲……乙……丙……丁……”

夏日记忆

这个夏天远望不到尽头,我掀开
后窗的隔帘,让桉树沁凉的气息
投落。大雨始终欲下未下,闷热
如知了的嘶鸣持续疯长。我们
在楼道、客厅,用不同的姿势

① 昌耀:《划呀,划呀,父亲们!》,李丽中:《朦胧读·新生代诗百首点评》,南开大学出版社 1988 年版,第 150 页。

拥吻,在陌生的滩涂上探寻
隐秘的咸度,长久惊叹于
彼此体内愈烈的火势

你的倦怠的目光散落,
穿过吊扇、发潮的墙皮、水磨石
地面的汗液,一个软化的午后
将我们围困。“窗外的人群
隔着一片海”,你指着沥青公路上
扭曲的空气。可我们残损的躯体
何尝不是横亘着的相对的深渊?
分别后,我们也会笨拙地
练习曳尾,穿过稠密的人烟
逃离彼此囊括的水域

而这个夏季的暴雨终会如注倾覆
多年后回想,这些黑白的影像
会同海边铁屑般的鸟群
顷刻就轰然四散

曾祖母画像

跟随俯角30度的夕光,报纸垂侧
你鼻翼和发丝的阴影深深沉浸
浓重堆积物便润泽起沁凉的水波
像处于某个光亮的开口,白色窗帘
在微风中静静地,吹起又垂落

光彩不断地变幻,持续引诱
但并不是来自同一空间和时刻
我们的边界始终蔓延着长墙
偏头痛:是另一种形式的拼凑

我洞悉透视和明暗的法则,但没有
一块底板去承载漂浮的物体
那些不被留意的,被镌刻
被攫有。比如前景中陶罐的皱纹
无比清晰。而那些高光的
如手、如笑、如眼睛
便曳走,便逃离

我用一整个夜晚回忆
重构了这个世界,却还是
没能把你的模样想起

晚间时刻

野雏菊还静卧桌沿,慵懒的橘猫
徐步阳台,在恹黄暮光中翘起尾巴尖
它们的颜色近乎重叠,柔顺地
忠于黄昏,并毫不吝啬向彼此
展露衰败的晚年。观樱归来
我不得不直面这样的困顿,整个春日
我疲于应对万物生长又迅速的衰老
这些接踵的尖锐有隐匿的倒刺,一次
又一次将我蛰伤。这令我想起早些年日
母亲总让我拿镊子清扫她头顶渐露的霜色。

那时,我迫切于生长,以摆脱
未成年的稚嫩和两小时的网游时长
而时间这场注定失败的游戏,我们早已难以
抽身逃离,只能抱以宽恕、沉默。
就像此刻,我默许了咳血的黄昏,默许了它
也慢慢地把我覆盖

寂静之羽

不必谈及黄昏,谈及那晚
暮色如何深陷成一种绝望的弧度

你远离后,雨声迢递
从许多个夤夜成群涌来
我逐步交出镜子、抬头纹
以及本体的蛹,还有些
束手无策的动词。它们站成一排
生硬的石头,攫以苦涩的苔痕。
这些暗物,横亘于我们之间
在回忆的风暴中,轻易就叩出
自身的回响。让逾越着的逾越
搁浅的又一次搁浅。诉说着
青春的头顶曾闪烁的星影
就像你知道的那样,黑鹳振翅
总会遗散给春天一些落羽
这其中的道理
我们深谙,却守口如瓶

空巢

日历折成的飞机,乘满
坍塌的目光和地名
或者某些日子被老花镜圈定
旋即在铃声里皈依母体

一些东西匍匐了,在城市的围剿下
残喘,比如倒塌的土墙和残瓦
比如我遥远的南方——

红壤丘陵上栽种的小村庄
稻草人在阒寂的田野
站成永恒的雕像
抛荒的土地陷进骨骼生锈的犁
闲置着又一个春天的痒

月亮

越来越不明亮了
挂在对面楼顶的
那块发着光的石头

它从黑夜挂到黎明
从童年的檐下
挂到我寄居高楼的窗口

多么稳秘的挪动
缓慢,破碎
在成为止痛片之前
它还必须是伤口

归乡辞

夜色低垂。寒蝉凄切的晚鸣
是我返回唯一的路径。沿途
遍布荨麻、苔藓。它们尖叫着
避让我的脚步,仿佛躲避着
二十个秋天我体内愈积愈深的衰败
哦,二十岁的群山,二十岁的村庄
二十岁的旧屋。我们都已经垂垂
老矣,无须再婉拒暧昧的月光

也不必抗拒呼啸的野风轻易就将
我们围拢。它们都是时间的事情
唯有荒草累累的缄默
是独属于我的修辞

雾中书

醒来万物俱是沉浸,经十路、
行人和南面寂寂的空山。
你的足迹连同枕后微漾的海水
还在我的耳畔静如声声轻喟

我翻开我的背面,仍是败叶
湿漉漉的枝条,丛生。
而我早已熟稔
不再在深潜的坠落里犯困
不再于暗室中铸铁。
妹妹,这个季节
阳光很容易就穿透我们
之后是山火,雨水
雪、雪、雪

思君如满月

一场洪水卷入梦里的时候
蚕开始咀嚼自己的骨头

那些不太磊落的炉火
于你抵达之前褪为尘灰

今夜的月色是荒谬的。
连同今夜的你，明夜的你，
天生就是荒谬所在
指涉我羸弱的言语——
倘若把你译为满月
这无法避免，每夜
灵魂的霜冻都会消解

无法避免，夜行动物
暗自舔舐伤口的鳞片

行走在秋天

独自走在秋天注定是一场遗憾
一季的风摇曳着不安的往事
我担不住大地的寒，熬夜，生病
摁住身体里有关季节的暮意
把影子交给风去凌迟
轻喘　彳亍
快要抖出守口如瓶的秘密

那么疼。撞击，破碎
却努力地、笨拙地
拼补自己残损的身体
跌倒又爬起
带着摇摇晃晃的足音
走向你

火盆

许多年前的冬天,我们
还因寒冷而围坐火盆,说着闲话
把红薯、荸荠也堆入炭灰里烘烤

那时候,我们手中还没有
耽于远视的器官。一大家族人
围着大大小小的火盆
围了一个又一个冬天

那时候真好,月亮不曾流浪他乡
我们几个小年轻都不曾远离
去往不同的城市

那时候二舅还没有吸毒,病死。
大舅公也还未厌恶奔波之苦,吞食农药
把自己当成庄稼,种进泥土

四月

丁香收起致幻的气息
四月是沉默,沉默
如谜。我们面对面
听雨声,居住在隔壁

壁虎在我们看不见的地方
蜕落断尾——这忧郁的信件
将自己短暂地邮回

写下四月残忍的人,已率先
走失荒野。交出葬礼前
火焰的绝笔

读现象学的一个夜晚

往事遥深如同纸页被遗忘的折痕
山雨欲来时,我在读书,梦
还渺远。夜色的翅膀在拍打
黄昏的水面。你邮寄的南山
我已收到。火漆完整,徒劳地
掩藏一个有关横县的春天

茉莉花的羽翼在水中舒展翻飞
三折的胡塞尔还在向我讲授现象学
——缺席的比在场更加充盈
就像此刻:北纬23度的风或者你的
叹息,在我的杯中拟构薄雾。
我看见你向陌生的水域
推出年轻的船帆

吴子恒,笔名吴越,2000年生于湖北黄冈。现为山东大学文学院2019级本科生,有作品见于《星星》《散文诗》《诗刊》《飞天》《散文百家》《小小说月刊》等刊,曾获第五届四月诗会一等奖、野草文学奖、樱花诗歌奖。

袁传宝的诗

文——袁传宝

每条小鱼都衔着一轮明月

阅读一轮明月
湖水中憩息
莲叶不语
皎洁的眼
映着月亮的脸
莲的目光,一片澄澈

一池湖水的沉思
被一只夜莺的鸣叫
打破
夜莺疾飞,俯身
叼走了水中的明月

鱼儿寻觅光明
吐圈,翻腾,追赶
涟漪荡漾

每条小鱼都衔着一轮明月
湖面静谧
鱼儿枕着月色
匀畅地呼吸
喜悦地入眠

明月下,桃树相对而坐

明月下,两棵桃树
相对而坐,树的呼吸
水一般,澄澈,清凉
庭院中,嗅到春天的温暖
朵朵桃花,张开脸庞

清风路过,卷一身春意
两棵桃树
靠近、私语、缠绵、亲昵
清风一走
桃树复归原位
相对凝视

月光下,一朵桃花坐着
画眼描眉,淡妆浓抹
一遍一遍
粘贴粉红色的喜悦
云鬓上梳理
回忆,还有春天的心事

月光下,另一朵桃花唱起歌谣
这朵花的恋想

歌声中,解开隐秘
她心慌意乱
忙不迭把缥缈的情事
藏进白云中
然后,低头沉思

世界浓缩成露珠
在一朵花里闪耀、清亮
远处的城南庄,传来
桃花姑娘渺远的歌声

袁传宝,男,1972年生,汉族,大学本科,中学语文高级教师,江苏省作家协会会员、江苏省散文学会会员、江苏省诗词协会会员、南京市作协会员、南京市浦口区作协副主席、浦口区全民阅读促进会会员、浦口区诗词学会会员。多篇散文、诗歌发表于《青春》《躬耕》《时代报告》《火花》《科幻画报》《大公报》《扬子晚报》《南京日报》《江南时报》《金陵晚报》《江苏工人报》《中国劳动保障报》《西安日报》《东坡赤壁诗词》《甘肃诗词》《中国诗赋》等报刊。

非虚构

Nonfiction

代蒋维崧先生拟致黄苗子先生请撰书法作品集序函稿

文——鲍思陶（遗稿）

大雅清览：

道范难亲，鱼书久睽；两地停云，渴思山积矣！常忆当年从游渝州，风雨联床，赏奇析疑，受益良多。斯情斯景，屈指已近一重花甲，尚时时于梦寐求之！六十载沧桑世变，当年旧雨，而今零落殆尽矣。每思及此，怅怅无欢！所幸兄台人推耆德，天介遐龄，道艺日精，声华藉甚，足令故人盱衡扬眉也。弟才非谐世，学不通方，昧昧而趋，屯屯而居，惟守拙自安，箪瓢有继，微愿足矣！然闲暇日久，技痒难熬，时时托诸楮笔，信手涂鸦，非敢炫世，欲不致砚田久旱耳！二三子以为可观，欲结集出版，出版社囿于惯例，必欲索一言，以弁编首。默思天地之大，最知我者惟兄一人而已，故敢借重一言，用光斯册，或长或短，惟君裁之。把笔临风，不尽所怀；潭祺笃祜，是祝是颂！

齊魯書社

志云按：

这篇文字是鲍思陶兄代蒋维崧先生拟致黄苗子先生请撰书法作品集序的书信稿。

1995年，思陶兄从山东大学中文系调到齐鲁书社工作。我与思陶兄相约为蒋维崧先生编辑出版书法作品集，说服蒋先生同意的工作由我来做，出版事宜由思陶兄谋划。蒋先生年逾八十，虽然同意了，但做起来每一步骤都很缓慢，我们不能着急催促老先生。

到1998年秋季，已拍摄了七十多件作品图片，作品集的出版也商定由山东美术出版社承担。时任山东美术出版社社长李新，是山大中文系77

级学兄，于是就成为思陶兄、李新兄与我三人合作，为蒋先生做书法作品集的编辑出版事情。李新兄提出出书前必须有篇序文，最好是蒋先生自序。但蒋先生不愿意自撰序。李新兄曾提议用我的一篇文章当序，我即请李新兄一定不要在先生面前说起这个建议，我自认为并不合适为先生书法作品集撰序，我主张由先生自己考虑请谁作序。为此，我和思陶兄多次在蒋先生家向先生问起请谁作序合适。也是我和思陶兄同到蒋先生家的一次，先生终于表示，一定要有篇序的话，他唯一想请作序的朋友是黄苗子先生。我与思陶兄都没想到蒋先生称黄苗子先生是老朋友，就问先生他们是何时结识。先生说抗战时期在重庆，曾与黄先生在银行共事，他二人的工作是替行长代笔撰写各种公私信函，都用文言，这更令我和思陶兄感觉惊奇。

既然说好了想请黄苗子先生作序，我们就请蒋先生给黄先生写信。又过了好一段时间，蒋先生一直也没有写信。一次思陶兄带了他拟的这篇文言信稿，约我一起又去蒋先生家，思陶兄想以此推进作品集出版工作的进行。思陶兄向我说过他小时候学作古文，就是从祖父教他如何写便条(短简)、写书信(尺牍)开始的，所以他也长于作文言书信。这次是蒋先生接过信稿看了，感觉很惊奇，说："好多年没读到过这样的书信了！"我说那就以先生名义寄给黄先生，请他写序吧。蒋先生说："可是现在早已不兴用文言写信了，还是就写白话吧。"先生又说："黄先生比我还大两岁，快九十岁了。多年没有联系，也不知道他身体怎样，还能不能写。我要是直接给他写信，万一他已不方便写文章了，岂不是为难人家！"先生说："我想这样，我给李新写封信，说想请黄先生作序。请李新转我的信给黄先生，万一黄先生不能写，他给李新说也好说些。"我们都感到蒋先生替黄先生考虑得周全，感受到老辈先生为人处事的既自尊又很替别人着想的厚道！思陶兄于是想要回代拟的信稿，蒋先生微笑说："这个就留给我吧，我还留着看。"蒋先生留下的是思陶兄誊清的一纸，刚好思陶兄还带了草稿，于是我就向思陶兄说："草稿送我吧，我也喜欢看！"蒋先生和思陶兄和我都笑了起来。

后来，蒋先生给李新社长写了封信，我送到李新兄处，李新兄设法转寄给了黄苗子先生。又过了没多久，1999 年 8 月，黄苗子先生就发来了他为蒋先生书法集撰写的序文,即《〈蒋维崧书迹〉小言》。果然是早年老友,黄苗子先生的序文写得好极了,蒋先生非常高兴。2001 年 8 月,蒋先生第一部书法作品集《蒋维崧书迹》,由山东美术出版社出版。

以上所述,是思陶兄这篇文言信稿的写作缘由。

鲍思陶遗稿保存人:倪志云

2021 年 11 月 20 日于重庆四川美术学院

附录:蒋维崧先生致李新社长函

李新同志:

承许集印拙书,深感。书名拟用《蒋维崧书迹》,又恐有立异之嫌,以此犹豫未决。

序文原想征求黄苗子先生意见,有没有空、能不能允予赐序,嗣闻旅澳未归,因而搁置。我十分怀念半个世纪前在重庆时,当时得益于师友者至多,我奉手黄老即在此时,为此我只想求他。

我编了十几年词典,不会写文章了,自序决定不要。

开本仍以八开为好,问过几位朋友,意见一致,请斟酌。

顺颂

日祉

维崧

三月十日

鲍思陶，曾名鲍时祥，1956 年 10 月 30 日出生于安徽省枞阳县。鲍思陶教授是当代重要的古典诗词作家。受到家庭的熏陶，他童年时期就笃嗜古典诗词，在山东大学读书时又得到殷孟伦先生等前辈学人的指导，系统地从事古典诗词及古汉语研究，并致力于古典诗词的创作，在海内外古诗词创作领域产生了重要影响。其诗词肌理细密，情深韵远，论者以为兼有骨力、风华之胜，遥嗣清代王渔洋的韵调。鲍思陶教授对桐城派古文、阳湖派骈文有深入的研究，同时还致力于古文、骈文的写作，才思藻发，规矩森然。鲍思陶教授的创作，是传统文学样式在当代的重要结晶。他的遗集《得一斋诗抄》已结集并出版。

评 论
Review

张炜文论新作读札（二题）

文——洪 浩

告别机心，留住诗心与童心

——读《思维的锋刃》

作家张炜是一个极具演说能力的作家，他像爱默生一样胸有丘壑，出口成章。除了殚精竭虑、一笔一画的创作，畅述心怀的言说是他著述的重要方面。这双重的表达，让他的艺术生命壮硕而丰盈。他的演讲可视为另一种写作，能令听者为之动容，为之陶醉，为之振奋，“听其言说，不觉忘疲”。言说，就严谨程度而言，固然不能与书写相提并论，但却有其独有的优长和意义。一些观点以直抒胸臆的方式说出，似乎更显鲜活与真实。

《思维的锋刃》正是这样一本说出来的书，它由演讲和访谈构成。25 篇文章，有写作经验的分享，也有对中外经典文学的剖析与解读，所谈均由个体推及普遍，阐述的是对于文学、艺术、历史以及人生的独到见解。这些经过整理和修订后印出来的文字，均真诚恳切、言之有物，读来令人醒目提神。回味之余,感觉收益颇多。因系现场直言,一些观点或许存在争议,但即使作为一家之言,其启发意义也不可忽略。本书在新版《张炜文集》(50卷)出版之后出现,称得上是张炜最新思想的展示。

这是一些发自内心的声音,真实、鲜明地呈现了张炜的文学观点与艺术旨趣。书中谈论最多的自然是文学问题,我印象特别深的是张炜重复强调的一句话:“文学是心灵之业。”在此命题之下,其阐发总是劝勉写作者应该告别“机心”,努力留住“诗心”和“童心”。这是散见于多篇中而又贯穿全书的重要思想,必有深意存焉。在《小说的两个问题》一文中,张炜认为,“那种依赖‘民族性’和‘地域性’博取功利的策略,不过是一种机会主义”;而热衷于对“现代性”的模仿,甚至包括将写作目标明确地定为“永恒”和“未来”,也是一种功利心。而在《文学的兴与衰》中,张炜则指出,“奔向功利的写作会拘束才情,折损诗性”,而“文学的意义,在于不断寻找或印证个人存在的意义”,“文学的勇气就是一生坚持追求真理,与各色机会主义界限分明”。这些话一律指向“机心”问题,是有高度、有分量的,它们显示了一个作家的觉悟,以及他所坚持的文学品格、所抵达的精神境界。对于这个时代的读与写,张炜深深地表达了他的忧虑,但同时又自有一种笃定,并苦口婆心地劝勉写作者要重视族群的基本素质问题,同时也不必杞人忧天,“写好每一个字就好”。对于张炜而言,源自生命本身的写作就应该是平常心的写作、不投机取巧的写作,真正的写作者应该由勤恳与踏实达至纯朴和纯粹。

除了为文态度和作家立场方面的阐发,张炜还在《文学九节》《今天的书写文明》《写作中的“赋”“比”“兴”》《“活火山”是否喷发》等多篇文章中具体而深入地论及艺术之道。比如他对写作的“气”的表述,读来感觉颇有新意。“气”,这个出自中国古典文论中的名词,在他这里被赋予了新的含义和生长点。他认为作家的构思就是给文字躯体注入“气”的过程,“气”的强弱决定了作品的推动力,“气”的长短决定了生命的体量。还有,张炜对于《诗经》中“兴”的认知或者说是重新领悟,同样是别开生面的。他认为“兴”“激活了整个文学气场,是一种自由”,“兴”在当今写作中的缺失是一种莫大的遗憾。此外,张炜还在多篇文章中论及作品的旋律之美,强调了语言之重要,认为“掌握了语言,就掌握了作品的灵魂”,这也是极富洞见的。有几篇文章谈到儿童文学,张炜认为儿童文学并非“小儿科”,恰恰相反,其实是“更高一级的文学”,是纯粹的艺术,作家须“具备更高的文明修养,更好的语言能力,更开阔的诗人情怀”才行。在他看来,诗心和童心是文学的核心,而由儿童文学的写作进入文学,无异于按下一个开关,整个文学建筑会变得灯火通明,读者可以借此感受其永恒和内美。这些表述精辟而深刻,也新颖别致,堪称妙论,是一个有着近 50 年跋涉历程的写作者的经验之谈。有趣的是,可能因为在诸如《寻找鱼王》《兔子作家》《我的原野盛宴》等儿童文学的写作中找到了某种纯真的快乐和平静的安慰,所以他在《持续写作及其他》一文中非常低调地总结了自己的创作,说自己在 60 岁后找到童心,进入儿童文学的写作,是获得了一种幸运。

带有现场感的文字常常是率真活泼的,但我们掩卷之余,却会感觉到文本中的作家其心拳拳、其言谆谆。这是因为,作家并非在做无足轻重的闲聊,所谈多关涉时代病症,探究的是当下写作者的心灵如何安放的至大问题,一些话语让人有醍醐灌顶、茅塞顿开之感。

在当代中国文坛,张炜称得上是一个奇迹。当新版《张炜文集》以皇皇 50 卷的阵容出现之时,我们不仅会因其壮观而深受震动,而且可能会陷入沉思:这位作家怎么会有如此之多的东西要表达?可是,如果你认真读过眼前这本《思维的锋刃》,当会有所觉悟:一个优秀作家的高产,必然伴随着超人的勤奋、充沛的激情、饱满的诗心、持久不衰的创造力、持续不断的学习与思考,等等。这位写过《古船》《九月寓言》《你在高原》等堪称当代经典的作家,这位获奖无数的作家,对于艺术与人生,至今仍在苦苦地思索,在不倦地探究。

这样的一本书,称得上是一部诚实而别致、质朴而深刻的思想录。这些诞生于“思维的锋刃”之下的文字,常常带有剖析的意味,它提出并回答了很多问题,值得我们放下手机,好好阅读与领会。而如此正面而直接、新鲜而深刻的思想表述,在当代作家中其实是难得遇见的。所幸的是,从书的封底文字中,得知张炜的这类文字尚有一个“系列”,另有三本颇具诱惑力的书稿处于待出状态。那么,就让我们怀着期待的热忱,在不久的将来进入新的阅读与领悟境界。

一个作家的文学地图

——读《文学:八个关键词》

《文学:八个关键词》是一本好读的书,也是一本耐读的书。从读第一页开始,我就喜欢上了它温煦的语感和从容的气质,并被其中丰富的信息所吸引。尽管版权页上有"文学写作学"的标签,但它的读者绝不仅仅是写作者,而应该是所有愿意探寻文学与人生秘密的人。

这是一本文学讲稿,是作家张炜在大学开设讲座的文字收获。八个关键词,实际上是八堂课的内容:童年、动物、荒野、海洋、流浪、地域、恐惧、困境。所谓"关键词",其实是触发张炜思绪的一个点、一个主题,围绕这个关键词漫谈,显得集中而有条理,容易让人记住。在谈论这些关键词时,张炜总能将读过的中外经典从记忆中召唤出来,用以交互印证,进而让观点通透圆融,富有说服力。

八个关键词,也是谈论文学的八个角度,它们是个人化的,但同时又与文学母题连通。了解张炜及其作品的读者,会由这八个关键词意识到:书里阐述的道理,无不与张炜本人几十年文学追求的原动力有关,因而可视为具有创作谈性质的一本书。书中的论说、论证与所举例子都是别人的,而且多是经典,但其实无不渗透着张炜自己的生命体验与文学体验,因而其表述极具特色。如果做一个形象的描述,那么我们不妨说:这八个关键词,勾画出了作家张炜的人生地图和文学地图。

对于"童年""动物""荒野"和"海洋"的论述,包含了张炜自己的重要经验,几乎是他整个人生和创作的历史性回顾,是畅述心路与追溯过往的现身说法。童年经验对于每个写作者都是至关重要的,作家的素材和能源,乃至于他能走多远,深受其童年时代的影响。作家最初的写作一般都依赖童年经验,写到一定时候,可能会有所拓展从而游离开去,而到了晚年,又会有落叶归根、返璞归真的冲动,于是重回心灵的故乡,在童稚岁月中再度发掘心灵的矿藏。张炜近年的新作《我的原野盛宴》便是这样一部书,它是童年回忆的真实呈现,里面包藏着他的人生秘密与文学初心,与《文学:八个关键词》具有相当深入的契合,二者的互文性非常明显。同样的童年背景下,有关动物的故事也出现在张炜中篇近作《爱的川流不息》中。我们还可以联想到其近十年来创作的大量儿童文学，无论是在小说还是在童话中，均可感知到张炜对于童年岁月的眷恋和追怀——那是一种情结的释放，是到一定年纪后创作上的自觉。

说起来，“动物”也好，“荒野”和“海洋”也好，都是张炜童年生活的关键词，然后才是他的文学的关键词。如果说这些关键词连通了文学的母题，那么我们必须清楚，它们首先是张炜自己的文学母题。正是在这一意义上，我们说，书中的话语是非常真实和诚恳的，也是极具情感和哲理深度的。因为是授课，带有普及意义的内容是不可避免的和应当的，但谈到纵深处，便有独属于张炜的真知灼见出现。像“珍视童年就是珍视文学的黄金”，认为动物是“通向神秘世界的窗口”，绝非他的泛泛而谈，而是出自深刻的生命体验和文学阅历的领悟，可以说，他的写作始终在践行和验证着这些观点。再比如，“荒野离永恒最近”，也是不一般的见解，其中大有深意存焉；于此，他由自然谈到审美，进而谈到文学批评，旨在启发写作者与批评者摆脱狭窄的精神空间，其心拳拳。

我们不妨把该书分为上、下两个半场。上半场的四个关键词，即“童年”“动物”“荒野”“海洋”，是作家对文学根性的深刻追问、对写作题材领域的觉悟，与自己的人生与写作经验暗合甚多。这些思想是他心中固有的认识，所以讲起来胸有成竹，讲得也到位、深刻。接下来的下半场，关于“流浪”“地域”“恐惧”“困境”，比较偏重于理性认识，可视为对作家多年来思考的文学问题的归纳和总结。在我看来，这下半场由两部分构成，一是通过“流浪”“恐惧”和“困境”三个关键词，阐述了文学的题材方面的问题，涉及创作的内驱力；二是通过“地域”这个关键词，表达了对不同文化的比较问题的思考。

我们知道，“流浪”是张炜小说中常见的主题和意象，而“恐惧”和“困境”，又是流浪过程中必然存在的东西，因此可以说，这三个关键词仍然与他的人生阅历和文学经验有关。但他的表述往往是从大处着眼的，涵盖范围极其阔大。他谈到了世界文学视域中的“流浪”主题，谈到了渗透于古今各种文学体裁中的“恐惧”与“困境”，阐述了文学史上亘古不变的母题及其存在的合理性，揭示了这些母题之于文学发生学、文学现象学以及文学写作学的意义。张炜的举例论述，对诸多艺术问题的思考(比如“现世主义”，比如“土文化”与“水文化”),对一些书和一些艺术家的臧否(比如《金瓶梅》,比如毕加索),也是极具个性的。这当然会引发不同意见,会引起争鸣。但这可能也是这本书特别值得我们打开、品读和思索的一个理由吧。

如果说,对于前面这些关键词的个性化的讲述是张炜的经历使然,是出于生命的自觉和文学的自觉,那么关于“地域”这一讲,则是他对于文学如何走向世界这一问题的思考,其中既包括了对于上述多个关键词的进一步思索,也有对自己和他人的追求的反思。在这一讲中,张炜对地域性与世界性的问题作了辩证分析,对“越是民族的越是世界的”这一流行说法提出了质疑。他认为,“一味地提高分贝、增加辨识度,‘地域性’并不会变成‘世界性’”。他批评了文学写作中那些机会主义者的“聪明的盘算”,坚持认为“世界性”的最终形成,依据的还是文学自身的审美价值,尤其是它的价值观,是否对我们整个人类文明增添了向上的和有益的部分。正是这些关键的元素综合在一起,才最后形成了“世界性”的基本的、恒定的指标。“只要认真追问生活,‘地域性’就一定会通向‘世界性’。”他谈到了对不少“人在他乡”的作家的理解,认为他们由于有了文化上的对比,自然也有了一定的超越。“一个作家对异域文化的认识,会伴随着对自己根性的认知,并在这个过程中增加追寻的热情,使写作进一步融入全人类的价值观。”“杰出的作家有不止一个方向的拒绝。他们追问真理,将此当成最后的故乡。”

在这样一本厚厚的书中,张炜没有为自己的写作辩白一句,他只是平心静气地阐述自己的文学观点,并在其中留下了诸多妙语。这里不妨随手摘录几句:

“契诃夫有一句话,‘文学是跟庸俗作斗争的’;我们还可以说,文学是跟制造苦难者势不两立的。”

“作家是否生长于内陆,这不会成为问题的关键。杰出的作家与海的关联在于心灵,在于精神视野。”

“修辞的力量是有限的,而一生的修辞却会变成很大的力量。”

“多数人用脑子写,用心的人就少多了。用心的人是一些更可靠的人。”

“人在大地上迷路,这就需要仰望星空找出方向。”

…………

类似这些几乎可称为睿语格言的话,在该书中俯拾即是。这些鲜明地表达观点的话,清晰地标示了一个作家的艺术立场和写作方向。

这是一本讲出来的书,在论述的同时对经典作品旁征博引,可见讲者的博学。这本书对于经典的解读与点评,是值得读者认真了解和品味的,它们是张炜即兴而深入的发挥,包含的信息常常超出关键词的限定。

对真理的探究是包含了善与美的,阅读中,我时常陷入沉思,然后为之拍案,为之喜悦,为之沉醉。这也正如书中的一句话所描述的那样:"审美是生命感动,是微妙难言的激赏,是击节之快,是沉默之余。"

洪浩,1966 年生,山东威海人。长期从事文学期刊编辑工作,现为山东省烟台市文学创作研究室专业作家、烟台市作协副主席,万松浦书院驻院作家,鲁东大学兼职教授。

1983 年开始发表作品,有诗歌、散文、随笔、小说、文学评论等 200 余万字散见于《十月》《天涯》《散文》《中华散文》《北京文学》《山东文学》《诗刊》《名作欣赏》《红岩・重庆评论》《芙蓉》《莽原》《文学自由谈》《文艺报》《文学报》《光明日报》《中华读书报》等报刊。著有长篇小说《北风啊北风》《美狐婴宁》,学术专著《迷宫:博尔赫斯的小说世界》等。选评或导读当代作家文学读本 14 部。以特约编辑身份编辑了 50 卷本《张炜文集》(漓江出版社 2019 年版)及《声音——张炜中短篇小说精选》(花山文艺出版社 2020 年版)等。

历史书写的感性真实与现实穿透

——以周恺《苔》为例

文——陈婉婷

一

当我们谈论“90 后”作家的时候，可能会存在一个先验性的心理预设。这不仅因为他们与前辈“80 后”作家分享着相似的“青春期”——有催熟之嫌又略显漫长，其叙事经验也指向某种个人主义和“先锋”气质，尽管聚焦于现实周遭的人与事，“90 后”作家大多热衷构思精妙且花样百出的叙事实验。以代际标示群体虽会导致内部的面目模糊，但相同乃至相近代际之间确实会存在共通的特征，如果对周恺已有创作进行梳理，也会发现一条熟悉的轨迹。《苔》是周恺的第一部长篇小说，这部 38 万字的历史巨构显然打破了此前的种种预判。

周恺的处女作《阴阳卷甲乙人》发表在《天南》第九期“方言之魅”专题，此后他又在方言写作的探索中塑造了一批川南小镇的少年群像[①]，在《天南》停刊后，很多传统文学期刊向周恺伸出橄榄枝。从这些期刊上发表的短篇小说来看，周恺在切割某种青春叙事的同时并没有停止叙事实验的脚步。诸如《逆向杀人》(2013)、《侦探小说家的未来之书》(2016)、《落日红》(2019)等，主人公多为疯子/诗人形象，叙事者在被打乱的时间或特殊的文本组织方式里，讲述着混淆着真实与虚幻的故事，显现出后现代主义的精神气质。

梳理以上这些，是想试图回答为何周恺的“青春”切割完成得格外早。所谓“过于漫长的青春期”之所以出现在20世纪80年代以后出生的作家们身上，一方面存在文学场共同制造的可能，另一方面是某种个人化写作的失衡[②]反借“青春”得以合理延续。首先，青年作家往往以自传式青春叙事作为写作生涯的开始，而后虽然不断拓宽选题范围，但这种自我焦点倾向却往往以惯性的方式保留渗透于这些作家其他题材的创作中。其次，作者对于一种动物化的表达欲望的克制和升华，只有通过不断修炼、沉淀，才能转化为一个作家的艺术修养和深邃思考。然而经由文学场包装后的“青春”被简化为拒绝深刻的稚拙和标榜个性的张扬，这种不加克制、拒绝深度、自我聚焦的叙述进而合法化，惯于此行的作者如不随时保持敏感和反思，就会顺理成章地将其延续下去。此外，现代文化的个人主义倾向催生了一批孤独又骄傲的文学青年，他们专注内在经验与叙事技巧，却未能做到对现实的深入关照，或尚不具备将这几方面很好融合的能力，因而导致作品缺乏一种洞彻人心的艺术感召力。

周恺的创作轨迹既有“90后”作家的共通特质，也有其个人成长的特殊之处。他的“写匠”生涯始于独立文学期刊《天南》，经主编欧宁改版后的《天南》是一个追求异质与深度的文学杂志[③]，《天南》的理念与塑造对周恺

---

① 参见周恺：《青年写作的可能性》，《南方文坛》2020年第3期。

② 参见张琳琳、房伟：《微小的精致与宏大的缺失——论“90后”作家的小说创作》，《长江文艺评论》2019年第4期。该文指出“90后”作家现实书写的根柢在于个人化叙事，即私人叙事，不论是书写自己的故事，还是“为他人写作”，都是从个人化的视角出发，生发出对于时代人生的理解。

③ 从《天南》的英文名《Chutzpah!》可以看到张扬、放肆的异端性，但不同于出版企划打出的“青春作家”噱头，《天南》的定位仍然是比较高的，在追求视觉冲击的同时定位于深度阅读，这使得该刊无论是青年写作还是名家作品都具有较高的质量。

创作“青春期”的影响无疑是巨大的。在欧宁的指引和鼓励下,周恺一开始就没有将青春自我表达作为最初的方向,而是积极进行方言写作探索。[①]这种以地方性的民间历史文化为核心的探索,十分有助于作者从自我走出来,关注比当下更久远、比眼前更广阔的人和事。当然,那些具有某种先锋特质的短篇小说也是周恺的路径之一。而《苔》在欧宁口中的某种“回归性”,与其说是周恺从未放弃对于这条最初之路的探寻,不如说是将这两种探索合二为一。周恺在一段采访中提到私人写作与《苔》之间的关系:

> 反过头来再说说《盲无正》的创作,它是纯粹的私人性的写作,探讨我跟文字之间的关系,所以我不会想怎样写才能吸引读者,或意图刻意创造点什么。回头再看的时候,我会发现以前的写作中存在的缺点,包括对于方言、民间故事的猎奇的眼光,所以决心写一个大一点的故事,重新去看我与语言之间的那种关系到底是什么样的,从这个意义上来说,《苔》还算是一个实验品。[②]

从结果来看,虽然《苔》在周恺看来并不成熟,但是相比于《盲无正》这类创作,《苔》显然将这种探索向外落到了更为扎实、也更为现实的层面。从《阴阳人甲乙卷》开始,周恺就已经开始尝试将先锋的元素加入其富有地方特色与奇幻的民间故事中,撩人的欲望、诡秘的意象和深沉的情感在一首又一首的川歌民调中飘向历史深处。

《苔》对晚清民初川地人情世景的描摹,复活了有关李劼人“大河三部曲”的文学记忆。面对影响焦虑,周恺一再否认并回避李劼人的直接影响并强调已经存在之影响的内在性,比如对“我手写我口”[③]的叙事继承。周恺认为这样的语言具有以听觉叙事节奏代替视觉叙事节奏的效果。换而言之,这是一种旧式说书人的叙事方式,相比于私人写作,这样的叙事既面对读者,同时又与读者保持距离,既随时观察着读者,又在一定程度上避免了叙事距离过近带来的种种弊端。《苔》的楔子在一开头即交代李氏一族

① 参见周恺:《青年写作的可能性》,《南方文坛》2020年第3期。

② 刘羿含:《90后新锐作家周恺:人生久长,最终归于一片朦胧》,2020年1月13日,https://page.om.qq.com/page/OR5Wq6kQLXhQZvDjWIjqs7AQ0。

③ 陈曦:《90后作家周恺:时代与人的关系不应该是河流与苔藓的关系》,2020年3月31日,https://www.sohu.com/a/384883936_349997。

的兴盛、中落与李普福的发家过程,语言全部使用短句,多客观描述而少修饰形容,用笔简略又不乏细节铺排,以似史书的笔法记载了一段“福记前史”;待到顺利过渡到迁宅,又以“这王棒客是何人”接入,插叙当地袍哥组织的背景,随即以戏台上王棒客女儿的暴毙结束,既将人胃口吊足,又将李普福外软内狠的“清水”袍哥形象从侧面托出。与之对比的另一部自谱家族史式的历史题材小说《北鸢》,曾因该书作者不自觉流露出的自矜而遭诟病,这与叙事距离过近和作者过于强烈的自我表达倾向有很大关系。在历史叙述中,作者个人经验的参与和处理,实际上是一个格外重要的问题,因为它涉及了历史题材小说的本体存在,即文学与历史之间的关系。

二

相较于此前的历史题材小说,在新世纪小说的历史书写中,创作者如何沟通一段远去的岁月,深入一段隔膜深重的历史记忆,成为人们更加关注的话题。我们会特别注意今天的作者为这段被反复书写、美学潜力几近透支的“历史”,又带来了哪些新的体验和思考,提供了哪些新的形式与方法,并探究这些“新”是如何体现作家非常个人化的生存经验和生活烙印的。

周恺针对《苔》所做的自我阐释的文章《作为手段的历史书写》,发表在《福建文学》的专栏“历史叙述的难度和可能”里,除此之外,另有两篇文章围绕此话题进行讨论,两者都谈到了在参与历史书写时作家对于个人经验处理的重要性。比如宋嵩在文章中提出史景迁的《王氏之死》带来的礼物是一种形象化的历史,其实就是在强调历史叙述所要达到的“可感性”和“可理解性”:

> “复活一段过去的岁月”并不简单地等同于历史细节的堆砌,还需要作者“感同身受”地为那些细节赋予色彩、传递体温、填充血肉……在我看来,将现实与历史交织,以当代人的情感去烛照历史人物的心灵并探寻理解的可能,由此实现对过去岁月的有限复活和理解,是今后很长一段时间内纾解历史叙事困局的一个有益的探索方向。[①]

① 宋嵩:《史景迁的礼物》,《福建文学》2020 年第 8 期。

化城在另一篇文章中也指出将个体经验与集体记忆(即重大历史事件)的联结对于构建文学历史纵深感的重要性,但也指出这种经验性历史书写的内在纠结:

> 想象历史的方法不止一种,而个体的经验又是如此不同。作为时间的旅行者,无论以何种方式展开,写作者都是在处理自身经验。如是观,历史叙事的吊诡之处是我们永远无法以某种恒定的观念审视文学作品。[①]

化城的问题暂且放置在文末回应。那么《苔》中经验性历史书写带来了什么样的文学效果呢?

首先,是一种细部上的鲜活与真实感。《苔》风格鲜明的地方性书写,已在有关评论、访谈中被反复提及、大获称赞,其中如风俗考古、博物展览似的行业世景、人情世故,融化于人物的日常生活、贯穿于人物的人生轨迹当中。博杂而精细的江湖规矩、各方势力的暗中制衡和较量,这些原本富含张力的故事元素搭配爽利干脆的川人川语,成为小说最博人眼球的地方。那么,除了展示一段地方风韵以外,这种单一经验趋向封闭的地方性书写的意义还在何处?历史细部还原得越精细就越真实吗?

岳雯从近年来地方性写作谱系梳理出发,称赞《苔》建构了一种可以被“异乡人”所认识、理解的“地方生活”,寻绎一个地方的文化表情与性格。[②]因此,无论是地域性还是历史感,独特性与封闭性共同构成书写的一体两面。在地方书写与历史书写中,如何打破单向度的展示,充分调动读者的感性认知与情感共鸣参与文本的构建,是作家在进行此类书写时需要努力的关键。既然历史小说的目的不在于为史书做注释,而是满足我们对于远去时光的“此在”的想象,让我们可以身临其境观察“那一段”岁月之下人们的日常生活——从表象的衣食住行到精神的喜怒哀乐,那么叙事距离也就不可能完全的一成不变,至少在情感上要不断灵活地拉近推远,而方言天然具备的现实亲近感就为此提供了一种方便。《苔》在保持叙事距离的同时贴近人物内心世界,依靠的正是方言与文学语言之间的杂糅与调和。实

---

① 化城:《我是个游客,讲述的却是自己的故事》,《福建文学》2020 年第 8 期。

② 参见岳雯:《地方性写作的精神空间与心理势能——以周恺〈苔〉为例》,《当代文坛》2019 年第 6 期。

际上,叙事者在叙事过程中不断改变声口,有时以半文半白的语言交代背景,信笔直书,如同远景镜头;有时以普通话叙述人物行踪,拉近至中景;有时切换至方言叙述,叙述视角似与人物重叠,又如同特写镜头,造成一种主客观统一叙事。方言思维的统一节奏下,普通叙事与对白自然衔接在一起,读者可以无缝游走于人物的行为言语和内心世界之间。而那种由对话内容直接构成的对白则更有一种语音现场感,例如幺姨太与李普福曾有一段床帏密语,讨论白日里刘基业的忠勇,随着幺姨太吹灯、入床等一系列动作,叙述也由外视角的讲述变成方言对白的直接呈现,仿佛画面一黑,只有对白声音传出。方言则演绎出了对话者内心世界的隐秘、暧昧,叙述视角与方言的技巧变化将私密和情欲逐层推进,读者读到此处,不由得凝神屏息、仔细"偷听"。还有一类抒情性文学语言,常出现在人物命运末尾,似有意通过这种"跳脱"让叙事者抽身而去,转去下一处故事。借由语言的鲜活与灵活,历史叙述也因此"活"了起来。

其次,是一种整体模糊的历史感。历史的实与虚是历史题材小说处理的中心问题。"虚"指的是相对于史料的文学虚构,而虚构的目的仍是"实"。《苔》将虚幻作为一种潜在的、贯穿始末的叙述基调,致使许多人在读罢掩卷时会腾生一种历史的虚无感,更准确的说,这是一种朦胧和模糊的历史感,背后是作者对于历史含混性的理解和对及物性的质疑。实际上,周恺自己也坦诚这种模糊感是有意的设计:

> 《苔》的结尾,我做了一个设定,穿越乱世最后生存下来"坏人"刘基业,历经种种磨难活下来,目睹鸦片船驶过的时候,他似乎回想起一些人与事,但一切都是朦朦胧胧、模模糊糊的。而这就是我写《苔》的一个节奏,或是整体色彩。[①]

《苔》中写了很多人的梦境、幻觉与灵异之事,这些真假难辨的超现实事件,却与那些现实事件一道构成人物的命运,构成一种志异叙事。如刘太清因女鬼上身变歪嘴,在白庙场的牯牛会上走失后又突然转好,如此具有传奇色彩的英雄人物却也莫名葬身火海;刘基业对幺姨的情欲让他在水下看见

① 刘羿含:《90后新锐作家周恺:人生久长,最终归于一片朦胧》,2020年1月13日,https://page.om.qq.com/page/OR5Wq6kQLXhQZvDjWIjqs7AQ0。

幺姨太的脸与水草混为一体,而幺姨太最终也确实死于沉塘;久病不愈的李普福竟也没能死于疾病而是失踪不见,他走失前最后的一幕借限制性视角得以呈现,却不由得让人联想起清末"叫魂事件"——据说被剪去发辫的人便会失魂于凶手[①],进而染上一层奇异诡谲的色彩。

《苔》中很多人物的命运与情节都存在这种悬置和空白,这种倏然而至却又说不清道不明的模糊感,也许同样是营造历史感的一种方式。这种无法落实的虚空,与其说是历史的虚无,不如说是作者对于历史的怀疑,似乎在作者看来,历史有如茶馆里的龙门阵,无论是洋人杀婴还是革命闹事,摆龙门扯得有多玄乎,叙事/历史就有多不可靠。许多作家都曾在历史叙述中对历史的及物性发出质疑,其中的典型情节就是当真相经由一系列的机缘和努力,即将完整地向主人公敞开面目时,却突然因为某种"情理之中"的"意料之外"而遭到永远封印,似乎是在向人们发出质询:你们花样繁出企图把握真实,可历史是否真的可以到达?

三

周恺称《苔》的写作初衷是"想写一部或者说一系列关于'革命'的小说"[②],小说的革命书写虽然直至第三卷才正式作为主线浮出水面,却包含、承载了作者对革命的思考与探究。《苔》的革命书写剥离了以往启蒙与革命"天赋"的正义性和庄严感,革命被呈现为以革命为名瓦解的秩序,进而生发出作者对历史与人性复杂性的理解和表现,而非以另一种单一性宏大叙事取而代之。

革命的庄严与权威被代之以民间欲望和暴力的展示,很自然地让人联想到新历史主义小说。新时期以降,历史题材小说由集体经验转向个体经验的挖掘,特别是新历史主义小说,关系到人文精神的归复,而莫言的《红高粱》则标志了人文精神的新向度"民间"的发觉。《红高粱》所展示的"民间"表现为一种生命的热力,代表一种无法规训的潜在话语,陈思和认为它建立了一个独立于意识形态与知识分子话语之外的整合历史的价值标

① 参见孔飞力:《叫魂:1768 年中国妖术大恐慌》,陈兼、刘昶译,生活·读书·新知三联书店 2014 年版,第 15 页。

② 周恺:《作为手段的历史叙事》,《福建文学》2020 年第 8 期。

准[①],结合新历史主义小说产生的时代语境,在此意义上的“民间”乃至民间的欲望与暴力,依然无法逃脱另一种宏大叙事——整个“寻根文学”思潮背后潜在的对于国家命运、民族生存等宏大主题的关怀。《苔》里具有四川地方性特征的“民间”建构,有赖于规矩繁多、等级分明的哥佬组织、各行行会,然而其塑造的袍哥群体并没有期待中的江湖情谊、快意恩仇,更多时候是唯利是图、争勇斗狠。鲁班会非但没有主持公道,反而肆意欺压底层匠人。在此,与其说《苔》恢复了民间的藏污纳垢性,不如说是打破了以《红高粱》为代表的新历史主义“民间”背后的宏大叙事,回到了晚清民初的历史语境下,遭到侵扰、面临崩溃的“民间”本身。

从小说的结构上看,小说的人物情节走向正对应着这样一种旧秩序瓦解的过程:李普福依靠李府家长、白庙场巨富、清水袍哥首领这样的三重身份分别在家、钱、权方面建立稳定的秩序,因此第一卷李府妻妾和睦、福记生意的拓展都是李普福权威笼罩的结果。随着第二卷李普福身体的衰微,稳定的秩序开始松动,四位姨太或死或走,相继离开,李世景与税相臣虽然身处传统书院却初获启蒙,都喻示着来自家长的控制力的衰弱。龚占奇代表的袍哥势力虽大,却根本无法阻止和挽救福记产业被他人蚕食和算计。待到第三卷税相臣的革命之途正式开启,李普福的消失标志着秩序的彻底崩坏。开篇即李世景与妓女的荒唐,三姨太独揽大权,刘太清落草为寇、占山为王。革命也由幕后走向台前,最直接的表现就是“信史”叙述的增多,以至被指摘有“史料堆砌”之嫌。对此周恺回应只是笔法所致,演绎的成分仍然很多。[②] 那么我们可以推测,大叙事的增多也许正是作者尝试对大历史作出整体性思考的反映。这段呈分崩离析之势的历史正如李普福的生理上的年老衰颓,苟延残喘却无力回天。

那么旧秩序瓦解之后又该如何?作者向我们勾勒出一幅乱世众生的精神图景。旧的秩序已经摇摇欲坠、新的秩序尚未建立,革命象征税相臣也处在探索未果的状态里,乱世感正是处于两种稳定秩序与价值取向之间的虚空,以及由此带来的无序和不安。外在秩序瓦解后,精神的失落与人性的混沌也随之暴露。作为传统绿林英雄化身的刘太清,最终无力维持其

---

① 陈思和:《民间的还原——文革后文学史某种走向的解释》,《文艺争鸣》1994 年第 1 期。

② 周恺:《作为手段的历史叙事》,《福建文学》2020 年第 8 期。

劫富济贫的侠义精神,传统民间道德范畴下的情义和原则,在乱世之下的现实目的面前不值一提。旧的束缚解除后,人就如启蒙者所期望的那样自由、自立了吗?我们看到,刘基业从敢作敢当到背信弃义是如此轻易自然;和软的三姨太不动声色地将大夫人推向死亡;摆脱家庭的李世景立即堕入烟花之地,无论是接触西洋文明、为革命捐钱还是最后出走,竟没有一件事情是受启蒙感召而自发作出的选择。

除了李世景这样的被动革命者,即使是那些真正的"革命党",作者也没有替任何人立碑,以至于几乎很难在小说中找出一个提供正向价值标准的形象。李世景、税相臣、廖汝平等人是西书与淫书同看,为夺取书院(话语权力)掌控地位而不择手段。最初为税相臣"打开窗户"的启蒙者许佩箬也赴衙门任职了。以往的启蒙书写往往预设了启蒙者天生觉悟、坚定不悔的导师形象,革命本身的过程性和复杂性则被忽略。而《苔》的革命书写揭示了这种共同革命大旗之下,革命党内部的分裂与纷争:一次又一次的分裂内讧"缘由仍不脱权钱二字"[①];现实利益之外,革命者信仰的革命思想亦不相同。税相臣留日期间,留学生员不同势力之间的几次风波亦是革命现实的缩影:宪政派与革命派势不两立、相互利用、相互攻击,无政府主义者退居一旁,却甘愿为信仰配合革命行动甚至流血牺牲。在无政府主义的立场下,一直以女豪杰形象示人的秋瑾,在小说里被塑造成一个激进、疯狂的煽动者,反而是税相臣这样的无政府主义信仰者,身披一层孤独、悲壮的英雄色彩。尽管如此,作者对无政府主义道路同样不抱乐观态度,税相臣"西西弗斯"式的革命信仰,喻示革命仍是"悬而未决"的议题。[②]

在中国的历史语境中,"革命"一词有着极为丰富的含义:传统儒家话语中革命的基本含义是改朝换代,西方常识中的革命也经历了由原始叛乱到英法"双轮革命"的拓展[③],除了后来居上的"马克思主义的幽灵",以上几种思想皆在小说复杂的历史环境中有所呈现。

而《苔》的创作主要受无政府主义思想启发,故将一种绝对的"平等"作为税相臣的理想和目标。作为初期形态的"原始的叛乱"也成为小说中革

① 周恺:《苔》,中信出版集团股份有限公司 2019 年版,第 447 页。

② 参见周恺:《作为手段的历史叙事》,《福建文学》2020 年第 8 期。

③ 参见陈建华:《"革命"的现代性:中国革命话语考论》,上海古籍出版社 2000 年版,第 5、7 页。

命的主要形态，小说里正规革命军的身影并不突出，反倒是霍布斯鲍姆所总结的几种形态——绿林好汉（刘太清）、黑手党（袍哥群体）、无政府主义者（税相臣）等[①]得到比在以往革命叙事中更加突出的展现。因此，在《苔》中，革命的盲目性与混乱性要远远超过其政治民主、思想启蒙的性质和意义。革命表现为上层的权力斗争与下层不停地举事和失败，各方势力都想要趁机谋取自己的利益，结果造成的只是盲目混乱的牺牲。税相臣、熊兢贵乃至刘太清、“九岁红”的惨死，印证了鲁迅《小杂感》所言：“革命的被杀于反革命的。反革命的被杀于革命的。不革命的或当作革命的而被杀于反革命的，或当作反革命的而被杀于革命的，或并不当作什么而被杀于革命的或反革命的。革命，革革命，革革革命，革革……”[②]“如此矛盾重矛盾，巴蜀历来汹汹”[③]，作者将故事背景设置在晚清的四川这样富有张力的时空背景下，无疑为其探讨革命的复杂性提供了更丰富的可能。

正如《苔》中所言：“在党人口头决绝的革命，到了茶客嘴巴头无非一席龙门阵，某人三四刀法如何厉害，某人三四又是何等惨烈死法，摆个几日，终究会被别的新鲜事物替代。”[④]川人革命/历史正如同茶馆里的龙门阵，热闹也好，糊涂也罢，一部分人精心建构起的信仰、为流血赋予的神圣意义，同时也是大部分人口舌间打发的无聊。所谓的“信史”不过是最后将这些混乱断杀的胜负结果记录下来。小说最后活下来的是行尸走肉的刘基业，是失去了家业的李世景，而具有英雄色彩的刘太清和税相臣都成了不明不白的刀下冤魂，在此，历史与人的命运以随机性形成同构，人的主体性也被命运/历史的荒谬性所取代。

结语

近年来，社会史视野在现当代文学研究领域的引入，再度启发了有关文学与历史关系的重新思考，强调在接续文学研究“回到历史现场”的同

---

① [英]艾瑞克·霍布斯鲍姆（Eric Hobsbawm）在《原始的叛乱：十九至二十世纪社会运动的古朴形式》里将19至20世纪的社会运动总结概括为几种形式：绿林好汉、黑手党、拉扎雷蒂派、无政府主义者、农民共产主义、都市暴民、劳工教派。

② 鲁迅：《鲁迅全集》第3卷，人民文学出版社2005年版，第556页。

③ 周恺：《苔》，中信出版集团股份有限公司2019年版，第491～492页。

④ 周恺：《苔》，中信出版集团股份有限公司2019年版，第492页。

时,对作品"文学性"的主体性价值给予充分的观照,期许"文学性"以打破历史、观念区隔,抵达本质真实的力量。[①] 笔者认为,尽管经验具有特异性和复杂性,但一种能够在不同的现实维度中穿越、揭示出总体现实的艺术总括力的历史叙述,也许将是对前面提到的无法以恒定观念审视历史叙述的吊诡之处的一种回应。

对于新世纪小说的历史书写来说,社会史视野所提倡的重建叙事整体性、注重情感结构等,都为建立一种可以为人所认知、理解甚至感同身受的历史经验与思考,提供了方向与可能。《苔》以"信史"的外观,呈现了一段晚清时期的家族史与革命史,其中包含着对革命的复杂理解,同时也体现了"90后"作家为摆脱过于沉浸具体、局部经验而导致的拘囿,而对宏大的甚至是超越于民族国家范畴的历史议题发起的思考。如果说《苔》的细部真实指向了文学的感性审美,关于历史的模糊感则构成整体穿透性的历史书写逻辑。周恺曾说历史叙事对于《苔》来说只是一种手段,但历史叙事的现实穿透确实可以为作品带来更强的艺术感召力。

陈婉婷,山东大学文学院2018级硕士。

---

① 参见吴晓东:《释放"文学性"的活力——再论"社会史视野下的中国现当代文学研究"》,《文学评论》2020年第5期。

经典

Classic

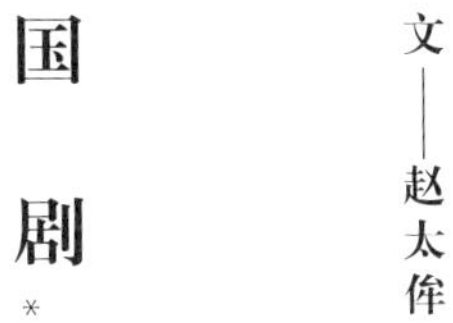

我们承认艺术是具有民族性的，并且同时具有世界性；同人类一样，具有个性，同时也具有通性。没有前者，便不能发生特出的艺术。没有后者，便不能得到普遍的了解与鉴赏。假使这个前提不差，让我们根据这一点来设想一下，将来的戏剧应取的方向。我只说应取的方向，并不是将来的成就。因为取一种预言者的态度，来推断一切，是很危险的事；除非你真是天使那里差来的，结果没有不失败的。我们设想的方向，就是我们现在努力的方向。至于将来的成就如何，那关乎天才和运会，谁也不能说定的。

先沙士比亚的戏，登场报名，旁白，独白，很有中国戏的味道。依列沙白时代的剧场，绝似北京的广德楼，中和园（却不说也像广德楼、中和园，在那样舞台上安那样不三不四的布景）。殷尼谷炯斯（Inigo Jones）以前，讲不到什么布景。时间、地方，都由戏的本身表诉出来。中国戏也用这种方法。这都是形式上的偶然的相合，算不了什么世界性。那么戏剧在世界上的共通性是甚么？这无异要问我们对于戏剧的概念是什么。在许多文学家的眼里，戏剧只是文学的一种，表写人生与人格的。在他本身本是一种完成的艺术。演做与不演做，或合于演做与不合于演做，都无多大关系，这原是从一个特别观点来观察戏剧的一部分——剧本——而已。好像将歌剧中的音乐，布景中的绘画，特另提出来讲求一样。我们如要承认戏剧是种综合的艺术（Synthetic Art），便不能同意这种态度。

马秀斯（Bsander Matthews）告诉我们，戏剧是一种文学作品，预备在剧

---

* 本文初刊于《晨报副刊·剧刊》1926年第1期、第2期。

场之中、观众之前、演员身上表演出来的。这固然算进了一步,然而他的视线却仍旧限于文学方面。不过要表示,第一,戏剧的主要目的,是要表演的。供人诵读,是附带的。第二,戏剧必须受当时的剧场、观众、演员三条件的现实和影响罢了。从戏剧史上看来,剧本原是后来的。它的地位,同音乐的曲谱、舞蹈的舞谱,是一样的。它无非是一种写定的程序,所以指引演奏的历程。却因为剧本与文学接近一些,一经文人的神工鬼斧,于是附庸蔚为大国。

戏剧中的各种艺术,只要有一种超越了其他各种,就发生一种特别的戏剧。偏重了文学,成就了西洋的话剧;发展了音乐,产生了近代的歌剧;以动作为主,于是有哑剧和舞剧。这是自然的演化。以布景为中心,将来要另外发生一种戏剧。这是布雷的预言。这种演化不是坏现象,正足以使戏剧艺术格外发展,格外丰富。中国戏剧比较无进步,原因甚多,而各部分不曾得到过独立的发展,却是很重大的一个原因。

戏剧的概念是什么？我们可以很老实的归纳起来说:他是以文学为间架,以人生及其意义为内容,以声音动作——身体——为表现的主要工具,以音乐或背景等等为表现的辅助的一种艺术。这原是一种粗浅的说法,并且也不是最后的概括的判定。第一,戈登克雷听了,就先要不依。却也不要管。让我们再来看看东西的戏剧的异点。这与国剧问题比较更切要些。

从广泛处来讲,西方的艺术偏重写实,直描人生,所以容易临时变化,却难得有超脱的格局。它的极弊,至于只有现实,没了艺术。东方的艺术,注重形意,义法甚严,容易泥守前规,因袭不变,然而艺术的成分,却较为显豁。不过模拟既久,结果脱却了生活,只余了艺术的死壳。中国现在的戏剧到了这等地步。现在的艺术世界,是反写实运动弥漫的时候。西方的艺术家正在那里拼命解脱自然的桎梏,四面八方求救兵。中国的绘画确供给了他们一枝生力军。在戏剧方面,他们也在眼巴巴的向东方望着。失望的很,却不曾得到多大的助力。一方面,固然因为了解上的困难;一方面,却是中国戏剧的造就,不曾达到中国绘画的地位。还有一层,戏剧的反自然运动,是比较任何艺术困难些。因为他的内容是人生,表现的媒介是人体,语言动作是人的语言动作。与人生太直接,所以超脱也最困难。

中国的戏剧,倒早打破了这一关。舞台上的语言动作,已不是日常习用的语言动作。而看戏的人也绝少追问一出戏的内容，只求在唱做上得到一点快感便满足了。所以戏也可以随便剪成无头无尾的片段来演，并不影响观众的鉴赏。这样一来，一方面固然可以说旧剧变成了纯艺术，一方面也可以认为旧剧只能供给感官的快感，缺乏了情绪的触动。这样好像失掉了戏剧上一个重要条件。

不错，旧剧是纯艺术，但是死了。大凡一件艺术的形式，在初创时，总是形神俱备。一经抄袭，便漏了精神，只得形体。旧剧的声调、身段、架步，等等，现在只剩了死模型，所表现的意义大部分久已无人知道。矛盾的地方，表情上绝对不能相容的地方甚多。可是旧剧动作的精彩处，我们也不断的看到。比如现在常演的“夜奔”“问樵”等剧，实在是充满了戏剧和诗意。这固然由于聪明的演员别有体会与运用，然也可以想见旧剧动作的价值，旧剧确有改进的可能。

凡一谈到中国戏剧的改革问题，就有几种分歧的意见。一派主张旧剧根本要不得，绝无改良的余地，只可听他自生自灭；还是拿话剧来代替他，或另外创造一种新剧，反觉直截了当些。一派主张话剧是贩来的东西，决不能替代固有的艺术；就在观众方面，新剧也敌不过旧剧之受欢迎。主张保存旧剧的人，又有一部分主张改良，一部分主张保守本来面目。这些主张都有使人不敢同意的地方。

旧剧的价值自有它特出之点，是不能不承认的。它是不会消灭的。我们也希望它继续生存发达。不过旧剧在今日，已成了畸形的艺术，也是无可讳言的。旧剧是歌剧，而音乐却异常之单简。昆剧曲牌虽多，而音调又一律非常之平衍。皮黄虽然抑扬比较大些，变化比较多些，自由些，然而腔调太有限，实不足以表达现代人生繁复的意境和情绪。旧剧之唱工，也非常特别，大部分总是以头部作共鸣器，很少利用胸部的时候。皮黄尤甚。这等唱法，乍一听见，给人一种刺冲不快之感。西方人之不能领略的旧剧，这一层，锣鼓的喧噪，实在是最大的拒力。谈旧剧改革，音乐是当头最大最难的一个问题。这件工作，不能不属望于我们将来的瓦格奈，不是开一个委员会，定出一部计划书来，就可以改革了的。

音乐改革既如是之难，音乐天才又旷世不一见。俟河之清，人寿几何！无奈，我们只得将音乐先放在一个不甚重要的地位，只取他和歌节舞的一点功用,却先从剧本动作表现方面来着手。

新剧本的要求,在旧剧的世界里,已感觉到了。却是现在产生的许多新剧本,没有一本在编制上稍稍讲求的。我们只感觉到他的琐碎散漫,更无有可批评的价值。有编剧才能的人,再通晓旧剧的技术,这层工作是比较容易的。况我们的历史上,又有那样现成的丰富的材料,可供采取。

关于动作方面,上文已经谈过,好是好,却是机械了,失了表现作用了。我们要注意,东西洋人研究艺术的态度方法是不相同的。他们是根据了一步一步的了解,建筑出自由的创造。我们呢,熟练前人的方式,归到融会的悟彻。他们的方法是进展的,我们的方法是反觉的。这自然都需要天才的凭借,但是天才的出现是没有准儿的,在中国,要是一时天才不出现,艺术落到凡子的手里,便只有刻板的成规,艺术便堕落了。西方有的是创造的方法,不论你是不是天才,照方法做去,你的作品总还看得过去,虽是平庸一点。所以具体的讲来,要救济中国的旧剧,还得借用西方的方法。要训练旧剧的动作,使它感觉灵敏,心身相应,能够随时自由表现,最好的方法,是借用西方的舞蹈——形意的舞蹈作基本的训练。

旧剧中还有一个特出之点,是程序化(Conventionalization)。挥鞭如乘马,推敲似有门,叠椅为山,方布作车,四个兵可代一枝人马,一回旋算行数千里路,等等都是。这些玩艺儿怎么办?有些人很发愁的这样问,以为是太不近人情了。我说,应该绝对的保存。艺术根本都是程式组成的。一张绘画,只偷得时间的一瞥,是不动的。然而我们的眼睛有那样大能力,可以看见其中的震颤与流动。再进一步,到了写意画,和自然物的图案画,那也可以说是更不近人情了。一件雕塑不但不动,而且无色。若是大理石的,那像的眼珠也是白的,头发也是白的,这有多们不近人情呀!就歌剧本身来说,平常人那有押着韵脚唱着讲话的?这样看来,程式不但没有妨害,而且是各种艺术所由成立之基本成分。

一种艺术程式,绝不是偶然发生的;它必是那件艺术必要的成分。必须经过长时间的生长,必须得到普遍的公认,必须使人不注意它,忘了它是程式——是不近人情——只看见它是艺术,这才见到它充分的功用。就如我们图画式的文字,从象形到篆隶,直到章草,中间都是程式的变化。现在写起来,谁会疑问过,那一个字为何不像原来的物形?字的极端的程式化,除了便利适用以外，是不是同时也增加了很大的艺术成分？旧剧中的程式同旧剧的各种技术，已经交融成一气。我们见了，并丝毫不怀疑的承认它是代表某项事物——实在，连代表事物这件事也好像不会注意。必须如此，才能经济，才能集中我们注意到更高更重要的部分。还有，我们要知道，上马、关门、转身，等等程式，已不仅是代表事物，实在都是旧剧动作的一部分，都属于“做工”。

不过有些恶例——不能算程式——就如喝茶，打扇，等等凡与戏剧艺术无积极关系的，都当然在淘汰之列，这是不待讨论的。

或者有人要反驳，为甚么西洋戏剧的程式，到现在逐渐减少了呢？这很容易说明。因为西洋戏剧的程式，很多是事实问题，到底不曾经过一番艺术化。中国旧剧的程式就是艺术的本身。它不仅是程式化，简直可以说是象征化了。这也因为原流上的不同。希腊戏剧中的歌队，可算是程式。但是我们不要忘了，希腊的戏剧是渊源于歌队。歌队只是历史的遗迹，它只占乐的成分，Lyrical element，不是剧的成分。两种东西，既未分家，也不曾合成一体，所以后来终于分了。沙士比亚，莫利哀，都极端利用旁白、独白。这是程式，但是没有办法的办法。既然没有歌队来传达心事，一个人心里的隐曲，用甚麽方法叫观众知道呢？只好自己向着台下诉说一遍了。所以这种程式是事实问题，是牵强的——虽然沙士比亚的独白里有的是好文章。话剧是最写实的戏剧，这种不自然的办法，当然时时觉得不能容忍。易卜生便首先革除，利用法国式的“心腹”(Confidant)来救济。《玩物的家庭》里的林登夫人，《海上夫人》里的昂浩姆，《建筑家》里的海达尔，都是来应这个差使的。将独白的内容设法表做出来，也是一种办法。安格玲女士修改王尔德的《温德灭夫人的扇子》是用的这种方法。这些改革，在话剧方面是进步的；穿插动作都紧凑了许多。但在西洋歌剧方面却依旧因袭未变。就是因为歌剧更程式化了的。而且白既变为唱，它的本身已不仅是事实问题了。中国旧剧也起源于歌舞，但同时用歌舞的技术表演戏剧，歌舞与戏剧是揉成一片的，不像希腊之歌队只用作话剧中的插歌。所以旧剧中的动作程式，完全是由舞变化而来的。绝不是迁就甚麽事实问题。

就旧剧的程式化来讲，它是不需要布景的。不要说新式旧剧中不三不四的布景，和上海魔术式的布景要不得，就是极有讲究的写实布景也不能相容。好像没有一种布景可以不伤它的简洁,妨碍它的动作,复杂它的空气,分了观众的注意,假使能够顾虑到这些条件,而且能有积极的好处,能同旧剧的象征精神打成一气,能增加本剧情绪上的紧张,表现上的美满,局势上的衬托,这样布景,自然可贵,并且是一块极有趣极丰美的试验地。现在戏台背后用的绣花幔子也就够扰乱人的视线的了。服装上的花样也是乱糟糟的,各人的服装中间也没有色调的调和。中国艺术中,色调的讲求,大概算是最差了,所以舞台上的色彩也逃不出这个限度。不过脸谱的讲究,却是极态尽致,它的作用也超出了外国面具之上。

舞台上的灯光,由油腊变成煤气,煤气变成电。于是讲坛式的舞台变成镜框式的。这种变化是很自然的;却同时使戏剧本身受了不少的牺牲。第一,戏剧离的观众疏远了,退到缥缈境界里去了。第二,戏剧本是多方面的立体艺术,现在一经入到镜框里面去,变成片面的活动写真了。中国人到现在还没有利用舞台电光的常识,却独独采用了镜框式的舞台。这也是欧化中不可解之一种。尤其是中国旧剧,最好是在讲坛式舞台上演,最好是从各方面来看。在戏剧自身也应该竭力使各方面都有可观处,那才算戏剧艺术的完美。要布景,那一种舞台不能布?只要你会。要利用电光,哪一种舞台不能用?只要你知道它的妙用。起初运用电光的技术还幼稚,以为只有镜框式舞台最合用。但在现在,这种迷信早打破了。

旧剧还有几点不须深加讨论的,就如男女合演是当然不成问题的,男扮女是要推翻的,鼓乐放在台中心是要搬家的……

保存了旧剧,并拒绝不了话剧。因为话剧已成了世界的艺术,像火车轮船一样,它是要到处走走的。它现在来到中国这块领土上,还算是探险的性质;将来不久总要移民过来的。并且说不定还要建设出满丰富的事业来。不过有了话剧,旧剧也不至于像印第安人似的,被驱逐到深山大泽里去。实在是两件东西,谁也代替不了谁。就在各国,歌剧与话剧也是并存而不相妨的。艺术本来有这样宏量。

历史上的中国国民性,从艺术方面看,是最不喜欢写实的了。不知怎么近来却染上了这点很深的嗜好。看到一张画,先要问像不像。评论一出戏,必要说作的自然不自然。这也许是一种误解,以为西洋来的艺术,一切都是自然派。也许是受了传染病,西洋一般普通人诚然是写实观念重些。

但是不拘是那一个原因,总是不对的。艺术决不是人生;全个儿的人生也决不是艺术。要从艺术里寻人生,那何如跑到大街上,东安市场里去,岂不看的更亲切有味些?话剧诚然是最接近人生的艺术。但是正为这个缘故,我们才不要单被人生摄引了去,而看不见艺术。至少我们应该先有这样一个笼统的标准,再来衡量将来的话剧。

话剧在中国,始终还未成形。有些国际相通的技术,本可以采取最高的,尽量贩运。有些是非独创不可的。必须独创的,却正是最基本的。例如剧本、舞台语言、诗剧的音调、历史剧的表演方式等等。这都非得经过长时间的研究与试验,不能有所成就的。

赵太侔(1889～1968),名赵畸,字太侔,山东益都(今青州市)人。1914年考入北京大学英语系,1919年考取官费留美,1925年哥伦比亚大学研究院结业回国。1930年任国立青岛大学教授、教务长。1932年至1936年任国立山东大学校长。1936年任北京陵源艺术专科学校校长。1937年抗日战争爆发后,到重庆任国立编译馆编纂。1942年任国民政府训练委员会第三处处长。1944年任教育部高教司司长。1946年春,再任山东大学校长。中华人民共和国成立后,历任山东大学外文系教授,山东大学海洋学院外语教研室教授、院务委员会委员,山东省政协常委,民革中央团结委员,民革山东省委员,民革青岛市副主任等职。1968年4月,含冤逝世。